마릴린
먼로가 좋아

마릴린
먼로가 좋아

초판 1쇄 인쇄 · 2022년 9월 27일
초판 1쇄 발행 · 2022년 9월 30일

지은이 · 이찬옥
펴낸이 · 한봉숙
펴낸곳 · 푸른사상사

주간 · 맹문재 | 편집 · 지순이 | 교정 · 김수란, 노현정 | 마케팅 · 한정규
등록 · 1999년 7월 8일 제2-2876호
주소 · 경기도 파주시 회동길 337-16 푸른사상사
대표전화 · 031) 955-9111(2) | 팩스 · 031) 955-9114
이메일 · prun21c@hanmail.net
홈페이지 · http://www.prun21c.com

ISBN 979-11-308-1956-3   03810
값 16,900원

용인특례시   용인문화재단

이 책은 용인시, 용인문화재단의 문화예술공모지원사업 지원을 받아 발간되었습니다.

39
푸른사상
소설선

마릴린
먼로가 좋아

이찬옥 소설집

푸른사상
PRUNSASANG

장미가 만발한 6월에 서해의 측도라는 섬에 갔다. 초등학교 동창이 바다가 보이는 곳에 이층집을 짓고 놀러 오라고 했다. 기가 막힌 것은 물이 빠진 갯벌 길을 자동차로 가는 것이었다. 반드시 시간을 맞춰 썰물 때에만 들어갈 수 있는 길이었다. 일행과 나는 전신주를 따라 드러난 모래와 자갈길을 달리며 환호성을 질렀다. 아주 잠깐이었지만 마치 바다 위를 걸어온 것마냥 들떴다. 우리는 정원에서 고기를 구워 먹으며 지나온 길을 바라보았다. 길은 사라지고 물이 차오르고 있었다. 그 위로 갈매기가 날아올랐다. 일행들은 한결같이 말했다. 저 물이 밤새도록 빠지지 말았으면 좋겠어. 우리가 이곳에서 나갈 수 없었으면 좋겠어. 연인 사이도 아닌 나이 든 초등 동창들은 과연 무엇을 꿈꾸었던 것일까? 어쩌면 문정희 시인의 「한계령을 위한 연가」를 떠올렸을지도 모른다. 아쉽게도 해 질 무렵 바닷물은 서서히 빠지기 시작했고 마침내 시멘트로 포장한 해변도로까지 드러났다. 집주인은 다음에 갯벌에서 조개와 낙지를 잡을 것을 기약했다. 우리는 처음에 왔던 그 길을 빠져나와 육지가 된 섬 대부도에서 해물칼국수를 먹고 돌아왔다.

소설 같은 삶을 꿈꾸었고 소설을 잘 쓰고 싶었지만 그렇지 못했다. 한참을 가다가 돌아보면 늘 그 자리인 것 같아 아득했다. 지금까지 간신히 소설가로서 연명하기 위해 소설을 쓰고 작품집을 낸 것 같은 기분이다. 나는 사람들에게 그런 나를 변명하느라 느리게 소설 쓰는 작가라고 말했다. 그래도 스스로 위안하는 것은 오랜 세월 소설의 길을 걸으며 아예 벗어나지는 않았다는 것이다. 때로 위축되고 두렵고 아득했지만 그 길을 벗어날 수 없었던 것은 물이 빠진 길을 지나는 환희의 순간도 있었기 때문이다. 또한 그 길을 지나며 함께 환호성을 질렀던 벗들도 있었다.

세 번째 소설집이다. 이번 작품집은 유난히 나의 궤적들이 많은 것 같아 부끄럽다. 어느 평론가는, 고인이 되신 박완서 선생님이 내 이야기를 남의 것처럼, 남의 이야기를 마치 내 것처럼 가장 잘 쓰는 작가라고 했다. 크게 공감했고 나도 그렇게 소설을 쓰고 싶었다. 독자들이 부디 그런 혼동 속에서 사랑으로 작품들을 읽어주시길 바란다.

그동안의 원고가 모여 책으로 나오기까지 참 많은 고마운 분들이 떠오릅니다. 늘 지지해주고 응원을 보내주는 가족, 문학정신을 일깨우고 소설에서 도망하지 못하도록 붙들어주시는 황충상 선생님, 그리고 문우들, 부족한 작품에 추천사와 작품 해설로 깊은 숨 불어넣어주신 윤후명 선생님과 김종회 선생님, 고맙습니다. 이 모든 것 섭리 가운데 인도하신 하나님께 감사 드립니다.

2022년 여름
이찬옥

차 례

그랑블루

옅은 먹물을 뿌린 것처럼 사위는 어둡다. 비는 그치지 않고 며칠째 계속 내린다. 강이 있는 이 도시에서는 어디서나 물비린내가 난다. 아침에 감은 머리는 젖은 채로 마를 줄을 모른다. 무겁고 눅눅한 공기가 머리칼 사이로, 얼굴 모공 속으로 스며든다. 아득한 상념에 사로잡혀 있다가 어느새 지하 수족관의 스무 계단을 다 내려온다. 언제나 적당한 농담과 조도로 바닷속 분위기가 연출되고 있는 이곳에선 파충류와 해수어들의 느리고 평화로운 몸짓들이 멈추지 않고 너울대고 있다. 어쩌면 이것은 지구의 종말이 올 때까지 지루하게 계속될 것이다. 입구에서 바로 보이는 수족관에는 드라큘라 물고기가 검은 망토를 뒤집어쓴 채 잔뜩 웅크리고 있다. 나의 기척에 고개를 들어 위턱 부분에 있는 두 개의 빨갛게 뻗어 나온 이빨을 드러낸다. 흡혈귀를 닮은 이 물고기는 사람들의 기척을 느낄 때마다 반사적으로 이빨을 드러내곤 한다. 나는 두터운 수족관 위에 손가락을 갖다 대면서 일부러 과장된 비명을 지른다. 그놈에게서 나를 반기는 웃음을 읽는다. 그놈은 밤새 어둠 속에서 나를 그리워했는지도 모른다.

키싱구라미가 있는 수족관 어둠 속에서 오렌지색 환한 불빛이 명멸한다. 수십 마리가 짝을 지어 두툼한 입술을 내밀며 입맞춤을 하고 있다. 원래는 수컷끼리 암컷을 차지하기 위해 격렬하게 싸우고 있지만 사랑하는 연인과 키스를 하고 있는 것처럼 보인다. 나의 기척을 느끼자 그것은 더욱 강렬해진다. 그놈들은 느리게 헤엄치는 상대방을 공격한다. 그들이 싸우는 몸짓은 열정적이다. 그는 내 삶의 바다에서 느리게 유영하는 나를 공격하지 않는다.

먼저 온 로사가 실오라기 하나 걸치지 않은 맨몸에 웨트슈트를 입고 있다. 코발트블루색의 인어 의상 웨트슈트를 입은 로사가 고혹적이다. 우리들은 상대방을 의식하지 않은 채 뱀이 허물을 벗듯 아무렇지도 않게 옷을 벗곤 한다. 매일 튜브에서 치약을 짜내는 것 정도의 그냥 일상적인 몸짓일 뿐이다.

"바깥세상도 오늘은 이곳이랑 똑같아. 그래야 공평하지 않니?"

로사는 동의라도 구하듯 옷을 벗고 있는 나를 바라보며 말했다.

그가 내게 첫 데이트를 청하던 날, 그는 동물원에 가자고 했다. 햇빛 속에서 마주본 그는 눈이 부셨다. 짙은 눈썹과 우뚝한 코, 그는 세계의 중심에 서 있는 것 같았다. 몸에 꽉 끼는 무용복 대신 헐렁한 청바지와 토슈즈 대신 두꺼운 가죽의 랜드로버를 신은 그는 지금까지와는 전혀 다른 세계의 사람 같았다. 코끼리열차를 타고 동물원에 올라갔다. 동물원 옆에는 미술관이 있었다. 그때 나는 문득 그와 어울리는 장소는 미술관이지 않을까라는 생각을 했다. 그의 스타카토식 걸음걸이가 옷차림과 어울리지 않는 것처럼 그와 동물원은 왠지 불협화음같이 느껴졌다. 그는 살아 있는 것들이 숨 쉬고 있는 동물원이 좋다고 말했다. 그의 율동은 살아 움직이는 동물들에게서 뻗어 나오는 것 같았다. 그는 나에게 솜사탕을 사주었다. 입에 대자마자 달콤함을 미처 느낄 새도 없이 사그라지고 끈적거림의 흔적만 남는 것을. 사정없이 내리쬐는 햇빛 속에서 돌고래는 빠른 속도로 물보라를 일으키며 끼룩거렸다. 돌고래는 내 몸에서 나는 물 냄새라도 맡았을까. 그놈은 그와 함께 서 있는 나에게 거침없이 다가왔다. 그는 가까이 다가온 돌고래를 쓰다듬으며 말했다.

"어렸을 때 내 꿈이 돌고래 조련사였다고."

"……."

"초등학교 수학여행 때 동물원에 갔는데 난 아무렇지도 않게 물개나 돌고래에게 다가가 그것들을 만졌어. 다가오는 돌고래를 보고 소리 지르며 도망가던 아이들은 나를 신기해하며 박수까지 쳤지."

그는 박수 소리를 좋아한다. 어렸을 때부터 그는 박수 소리에 매혹되었다고 했다. 초등학교 운동회나 소풍 마당에서 그는 울긋불긋한 천으로 된 복장과 고깔모자를 쓰고 다른 아이들의 시선을 끌었다. 나는 그가 그럴 것이라고 생각했다. 무대에서 그가 마지막 스텝을 정지했을 때 듣는 갈채를, 그날 나는 돌고래를 만지는 그를 보면서 들을 수 있었다. 수족관 안에서 바라보는 몸짓만의 갈채를 그는 못 견뎌한다. 그는 바다 깊숙이 있는 고래를 알지 못한다.

쇼가 시작될 수조에 바닷물이 채워지고 있다. 몸에 박혀 있는 무늬로 자신의 존재를 알리는 별돔, 줄전갱이와 방어 등 수십 마리의 물고기는 신선한 고향의 냄새를 맡은 양 파닥거린다. 아침마다 이 대형 수조에 바닷물이 채워질 때면 난 고향에 돌아간다.

"잠시 뒤에 화려한 빛깔의 물고기 떼에 둘러싸여 우아하게 헤엄치며 먼 바다 이야기를 들려주는 환상적인 인어공주 쇼가 펼쳐집니다."

키 크고 예쁜 언니가 쇼의 시작을 알리는 안내를 한다. 노란색 옷을 입은 병아리 같은 아이들이 웅성거리면서 자리에 앉는다.

"자, 여러분. 인어공주가 나타나면 손을 흔들며 인사를 나누세요."

나는 천천히 유영하며 손을 흔든다. 아이들은 동그란 토끼 눈을 하고서 손을 흔들어댄다. 짓궂은 남자아이가 다가와서 수조의 투명 아크릴 위를 두드린다. 아이들은 막힌 벽을 좋아하지 않는다. 수조의 투명함은 이십 센티미터의 두께를 결코 드러내지 않는다.

"몸에 줄무늬가 보이는 것이 줄전갱이, 동그란 구슬이 박혀 있는 것은 별돔, 그리고 볼록 튀어나온 주둥이를 가지고 우아하게 헤엄치는 모습이 마치 한 마리의 새 같은 것은 얼룩매가오리입니다."

한번이라도 인어공주와 눈을 맞추려는 아이들을 쳐다보면서 나는 줄전갱이와 별돔과 가오리가 지나가는 사이를 유연하게 헤엄쳐 나간다. 나는 이따금 아이들에게 미소 지으며 눈을 맞춘다. 손을 흔든다. 어른의 제지에도 불구하고 인어공주를 가까이 보려고 아이들이 수조 곁으로 다가온다.

"인어공주 지니는 소원대로 다리가 생겨 사람이 되었습니다. 그런데 마녀가 가져온 빨간 물약과 파란 물약 중에서 그만 빨간 물약을 마셔서 목소리를 잃게 되었습니다. 인어공주가 사람이 된 것을 진심으로 기뻐한 친구 로사가 파란 물약을 구하러 갔습니다. 지니는 반드시 그것을 마셔야만 합니다. 과연 인어공주 지니는 목소리를 찾아서 궁궐에서 열리는 축제에 갈 수 있을까요?"

어린 시절, 누가 내 꿈이 무엇이냐고 물어보면 나는 서슴없이 왕자를 만나 그와 결혼하여 행복하게 사는 것이라고 쉽사리 말하곤 했다. 그렇게 말하는 나를 보고 사람들이 비아냥거리는 눈빛을 보내기도 했지만 나는 또 다른 꿈을 가질 수 없었다. 환한 불빛, 흥겨운 노래가 흘러 나오는 궁궐의 연회장에서 나는 그림자처럼 왕자의 뒤를 밟았다. 무대 위에서 춤을 추는 그를 만났을 때 나는 오랫동안 잊었던 그 꿈을 다시 기억해냈다.

파란 약병을 든 인어 로사가 나타나자 사람들이 박수를 친다. 나는 로사가 주는 파란 약병을 받아 마신다. 음악이 흥겨워진다. 목소리를 찾은 인어공주 지니는 로사와 함께 축제장에서 흥겹게 춤을 춘다. 로사와 나는 위로 아래로 좌우로 대칭을 이루어 눈을 맞추며 음악이 멈출 때까지 춤을 춘다. 쇼가 끝나면 기념 촬영을 하려고 수조 곁으로 다가

온 아이들을 위해 포즈를 취한다. 주로 손을 올려 하트 모양을 만들거나 손을 흔든다. 수조 벽 위로 입맞춤을 하는 아이도 있다.

오후 쇼를 위해 이른 점심을 먹으러 아쿠아리움과 같은 층에 있는 푸드코트로 간다. 덜 마른 머리카락 사이로 바다 냄새가 풍긴다. 오늘의 메뉴는 해물 스파게티다. 걸쭉한 토마토소스 위에 홍합, 조개, 새우, 오징어가 넉넉하게 얹힌.

"꼭 여자의 그날 같은데."

로사가 야릇한 웃음을 흘리며 천천히 스파게티를 감아올린다. 스파게티를 입에 넣으려고 고개를 숙일 때마다 파진 옷 사이로 그녀의 가슴이 언뜻언뜻 보인다. 나는 국수 몇 가락을 입에 넣다가 욕지기를 느끼며 포크를 놓는다.

"오늘도 그 춤쟁이 만나지?"

로사는 고개도 들지 않고 단정적으로 말한다.

"어쩜 그렇게 월급날은 잘 기억할까?"

주저리주저리 계속 이어질 것 같은 그녀의 말을 끊으려고 나는 무섭게 그녀를 쏘아본다. 순간적으로 그녀는 긴장한 얼굴빛이었으나 그래도 한마디를 덧붙인다.

"정신 차려, 이 바보야."

먹지도 않은 조개와 새우가 배 속에서 요동을 치는 것 같다. 내가 처음으로 스쿠버다이빙을 시작했을 무렵이었다. 다른 다이버들은 남해의 바닷속 비경을 이야기하며 자존심을 내세우고 있을 때 나는 바닷속

먹거리의 비릿한 싱그러움을 그리워했다. 그것은 어머니에 대한 그리움이기도 했다. 바닷속에서 바로 따 올린 싱싱한 전복과 소라, 해삼의 향과 식감은 기가 막혔다. 그 뒤로 날것이 아닌 익힌 해산물 요리를 보면 나는 먼저 썩는 냄새부터 느꼈다.

이 빌딩의 꼭대기에 있는 아트홀에서는 벚꽃이 피기 시작할 때부터 색의 향연이 펼쳐지고 있다. 나는 점심을 먹고 전망대 전용 엘리베이터를 타고 그곳으로 향한다. 로사는 휴게실에서 한숨 자야겠다고 두 손을 포개 얼굴에 대며 나에게 눈짓한다. 전망대 전용 엘리베이터는 고속으로 올라가며 창에 달라붙는 빗방울들을 지워낸다. 맑은 날에는 선명하게 보이던 강 건너 타워가 흐릿하게 보인다. 강 위 섬의 초록이 짙어지고 강물은 춤을 추는 것 같다. 젊은 부부가 서너 살 되었을 여자아이를 데리고 탔다. 어쩌면 오전 인어공주 쇼에서 수조 벽 위로 나에게 입맞춤을 한 아이인지도 모르겠다. 아이는 겁먹은 얼굴로 서 있다. 웨트슈트를 벗은 인어공주를 알아볼 리가 없다. 아이 엄마가 아이를 꼭 붙잡고 창밖 풍경을 보라고 재촉한다. 아이 아빠가 창밖 강 풍경을 배경으로 아이를 붙잡고 서 있는 아내를 향해 카메라 셔터를 누른다.

강렬한 빨간색 출입구 벽에는 기분 좋은 말이 쓰여 있다. '세상 모든 것은 컬러로 빛난다. 당신도 그렇다. 당신의 컬러가 얼마나 아름다운지 잊지 않기를.' 나는 이 말을 보려고 매일 이곳을 찾는지도 모르겠다. 사람들은 하나같이 이 표어 앞에서 인증 샷을 찍고 입장한다.

전시장으로 들어서는 순간 내가 이곳에 잘못 들어섰나 하는 착각을 일으킨다. 탄성을 지르는 사람들도 있다. 화려한 샹들리에 아래 촛대와 와인 잔과 함께 차려진 만찬 테이블. 유럽 왕실이나 귀족 집에나 있을 법한 앤티크 식탁에 기가 질린다. 작가는 이 만찬 테이블을 블랙이라고 이름 지었다. 우아하고 심플하다. 한편 내가 귀족의 후예라도 된 듯해서 나도 모르게 몸을 곧추세운다. 만찬 테이블이 놓인 양쪽 벽으로 큰 규격의 사진 액자가 걸려 있다. 파란 하늘과 붉은 사막, 그 위에 빨간 드레스를 입고 서 있는 여인, 휘날리는 빨간 드레스의 주름조차 선명하다.

나는 용기와 사랑, 열정, 희생이 있는 레드의 여인이 되어 블루가 전시되어 있는 다음 방으로 간다. 바다가 하늘인지 하늘이 바다인지 알 수 없다. 나는 그 속으로 들어간다. 블루는 볼 때마다 다르게 다가왔다. 한 작가의 작품이라는 블루의 사진들은 다 달랐다. 그것은 그날 햇빛과 파도의 세기에 따라 달라진 것이라고 했다. 나도 지하수조로 오기 전에는 그 빛깔들을 수없이 보았다. 끊임없이 변화하며 결코 한 가지에만 머무르지 않는 신비한 색. 이 전시실은 내가 설레고 출렁였던 그 빛깔들을 붙잡아 고정시켜놓았다. 나는 어릴 적 엄마와 함께 거닐던 그 바닷가의 색을 추억한다. 바깥이 흐리고 비가 내려 색깔은 더 선명하고 물 냄새가 나는 것만 같다. 나는 지하 수족관에 있는 무지개물고기를 떠올렸다. 지느러미 끝이 짙은 붉은색을 띠고 조명에 따라 몸이 무지개 색깔로 빛나는 녀석. 나는 그 녀석을 바라볼 때마다 황홀해했다. 꿈길을 걷는 듯한 핑크를 지나 그린의 숲을 지나면 레인보우 정원이 나타난다. 그렇지만 점심시간은 길지 않다. 오후에 있을 인어공주 쇼를 위해 그만 발길을 돌려야 한다.

인어공주 쇼 전에 있을 물개 쇼를 준비하는 아쿠아리스트 김의 모습이 보인다. 노란색 멜빵 방수 슈트와 장화가 화사하다. 김은 쇼의 시작 시간이 임박해서도 풀 안과 바깥을 드나들고 있다. 풀 밖에서 여유를 부리며 물개들에게 장난을 건다. 항상 뭍을 디딜 때의 다리 힘은 사람들에게 더 많은 여유를 준다. 김이 아쿠아리움으로 들어서는 나를 보고 손을 번쩍 든다. 김은 물개 전담 아쿠아리스트이다. 김은 자칭 물개 박사라고 했다. 김이 물개 쇼를 시작하면서 첫 멘트가 물개와 물범의 다른 점을 설명하는 것이다. 물범이 아니라 물개예요. 생김새가 닮았지만 물범은 앞다리가 짧고 허리를 뒤로 젖히지 못해요. 하지만 바다사자인 물개는 허리를 뒤로 젖힐 수 있고 앞다리가 길며 굽힐 수도 있지요. 물개가 나를 보고 하트 모양 콧구멍을 찡긋한다. 나는 물개의 코를 볼 때마다 기분이 좋아져 웃는다. 그 코는 잠수할 때 물이 들어오지 않도록 열고 닫을 수 있는 것인데 마치 윙크하는 눈처럼 보인다.

김은 쇼가 시작되기 전에 세 마리의 물개에게 먹이를 준다. 조금이라도 포만감을 느끼지 못하면 그놈들은 김의 말을 듣지 않고 제멋대로 행동해 김을 당황하게 하는 경우가 종종 있다. 이쁜이, 똘똘이, 꾀돌이는 빠르게 김에게 헤엄쳐 온다. 똘똘이와 꾀돌이는 먹이를 먹기 전에 김에게 입맞춤하는 것을 잊지 않는다. 김은 그놈들에게 조개 한 주먹씩을 입에 넣어준다. 일찌감치 사랑 받는 방법을 터득한 녀석들, 날카로운 이빨 부딪는 소리가 경쾌하다. 이쁜이가 김의 뒤꿈치를 툭 치고 달아난다. 질투심의 표현이다. 애정이 실린. 김은 이쁜이의 입에 양미리 한 줌을 넣어준다. 쇼 진행 중에 생길 봉변을 미리 막을 수 있는 최선의 방법이다. 미끄럼틀과 링통을 제자리에 갖다놓는다. 영리한 똘똘이와 꾀돌이는 여전히 코를 벌름거리고 컥컥 소리를 내며 도구를 배치하는 김을 돕는 시늉을 한다. 이쁜 녀석들! 나도 그에게 사랑 받는 물개이고 싶다.

"곧 세 마리의 물개가 펼치는 환상의 빅쇼가 펼쳐지겠습니다. 아쿠아리스트가 나타나면 손을 흔들어 환영해주시기 바랍니다."

아이들을 데리고 온 가족뿐만 아니라 단체로 온 유치원 아이들이 스탠드와 바닥 자리까지 가득 차지하고 있다. 인솔 교사들이 불쑥불쑥 일어서는 아이들의 몸짓을 제지한다. 군것질거리를 들고 수다를 떨던 젊은 연인들도 물개 풀을 둘러친 난간 가까이 다가온다. 입구로 나오는 김을 보고 아이들은 손을 흔들며 박수를 친다. 나는 물개 풀 맞은편에 있는 파충류 수조로 다가가 막아선다. 파란 혀 스컹크가 혀를 내밀고 몸을 부풀리고 있다. 그린이구아나는 몸의 절반 이상을 차지하는 꼬리를 꼿꼿하게 편다. 진한 오렌지빛 점을 가진 게코 도마뱀은 입을 크게 벌려 위협하는 자세를 취하고 있다. 잠시 뒤에 있을 물개의 출몰은 그들에게 매일 일어나는 규칙적인 적의 공습인 셈이다. 두꺼운 수조의 벽을 사이에 두고 존재하는 내밀한 적. 그들은 불길한 시선을 던지고 때로는 내 꿈에까지 쫓아온다.

그가 일하는 무도회장 지하에는 한 세대 전에나 볼 수 있었던 커피숍이 자리 잡고 있었다. 월급날, 나는 그를 기다렸다. 인어공주의 역할이 끝난 나는 늘 그곳에서 아직 한 차례 강습이 남아 있는 그를 기다리곤 했다. 지하 카페엔 금붕어와 열대어가 들어 있는 커다란 어항이 있었다. 나는 나의 일터를 생각하게 하는 그곳이 맘에 들지 않았다. 그는 헐레벌떡 들어와 주황색 조명 아래 앉았다. 아직 마르지 않은 땀이 불빛 아래서 과일즙처럼 흘러내렸다. 그는 흑갈색의 진한 커피를 주문했다. 땀을 흘리면서 뜨거운 커피를 마시는 그가 아름답게 보였다. 찬 수온의 물에서 온종일 한기를 느끼는 나는 그의 이 뜨겁고 진한 매력에 이끌렸던 것인가. 사랑이라는 것은 일종의 하찮은 시정(詩情)인지도 모를 일이었다. 나는 언제나 어항을 등 뒤로 하고 앉았지만 그는 그 속을 바라보며 꼭 한마디씩 했다.

"저 금붕어들은 똑같은 곳을 하도 맴돌아서 이제는 바보가 됐을 거야."

동의라도 구하듯 그가 나의 눈을 바라보았지만 나는 고개를 떨궜다. 야속한 남자. 어항 속의 금붕어는 심연을 알지 못한다. 세상 사람들도 알지 못한다. 아마 그도 마찬가지일 거다. 불현듯 그는 물었다.

"당신은 찬물로 샤워를 해, 뜨거운 물로 샤워를 해?"

나는 갑자기 샤워기에서 뿜어져 나오는 물의 압력이 나를 짓누르는 것을 느꼈다. 나는 대수조에서 다이브를 하고 나온 뒤 차가운 물로 샤워할 때마다 온몸에 압박을 느끼며 그를 떠올렸다. 나는 나의 감정을 들키지 않으려고 얼른 되물었다.

"당신은요?"

"찬물, 뜨거운 물 교대로."

뜻 모를 웃음을 띠며 그는 말했다. 그는 언제나 내게 확실한 것을 주지 않는 사람이었다. 나는 몇 시간 전에 현금인출기에서 꺼낸 빳빳한 지폐가 들어 있는 봉투를 그에게 내밀었다.

"당신에게 잘 어울릴 것 같아서 이것도 하나 샀어요."

나는 그의 어색함을 감추어 주려고 1층 상가에서 골랐던 선글라스도 함께 내놓았다. 그는 얼른 그것을 썼다. 나는 짙은 색 선글라스 속 그의 표정을 볼 수 없었다.

어느새 세 마리의 물개들이 차례로 김에게 다가와 악수를 하고 입을 맞춘다. 아이들이 박수를 치며 환호한다.

"이번에는 우리의 영리한 똘똘이와 꾀돌이의 묘기를 보여드리겠습니다."

쇼가 시작되었다. 똘똘이와 꾀돌이가 김의 지시에 따라 악수도 하고 풀에서 나와 물구나무서기도 한다. 그리고는 이쪽에서 저쪽으로 파도치듯이 미끄러지며 헤엄친다. 녀석들은 김의 손짓과 지시에 따라 물속으로 들어갔다 나왔다 한다. 물속으로 들어간 녀석들에게 링을 던진다. 똘똘이는 물속에서 솟구쳐 올라 김이 던져주는 링을 받아 목에 건다. 한 번의 실수도 없다. 아이들은 다시 환호한다. 녀석들이 물 밖으로 나오면 김은 그들에게 먹이를 준다. 녀석들은 김에게 입을 맞추고 얼른 다시 물속으로 미끄러져 들어간다. 이번에 김은 꾀돌이에게 링을 던진다. 꾀돌이가 링을 향해 솟구쳐 오르는가 싶더니 다른 방향으로 헤엄쳐 간다. 링이 물위로 떠다닌다.

로사의 껌 씹는 소리가 들린다. 로사가 어느새 트레이닝복 차림으로 내 곁에 서 있다. 은단 냄새가 풍긴다. 은단껌이다. 어제는 인삼껌이었는데. 소리까지 내면서 줄기차게 씹고 있다. 로사는 껌 중독자이다. 어느 날 쇼가 시작되기 전에 껌이 없자 쓰레기통을 뒤지는 로사를 보았다. 쇼가 시작되기 전의 긴장감을 없애기 위해 그녀는 껌을 씹는다고 했다. 로사의 껌 씹는 소리와 속도가 커지면 그녀의 마음이 편치 않다는 증거다. 아니나 다를까, 아쿠아리스트 김을 쏘아보는 로사의 눈빛이 심상치 않다.

"아무리 똑똑한 물개도 실수할 때가 있는 법이지. 김이 어젯밤에 여자한테 보기 좋게 차였나. 물개하고 사인이 영 안 맞는데."

로사는 실수한 김을 비아냥거리고 있다.

"꾀돌이가 컨디션이 안 좋은가 보군요."

김이 꾀돌이에게 다가가 귀에 속삭인다. 물속으로 헤엄쳐 들어간 꾀돌이에게 다시 링을 던진다.

"이번에는 성공이군요."

이것도 아쿠아리스트 김과 녀석들 사이에 훈련된 각본일까. 그 사이사이에도 녀석들은 관객들에게 박수와 환호를 재촉하는 익살스런 몸짓을 보인다. 네댓 살로 보이는 아이들은 긴장한 눈빛이다. 조용하다.

같은 것을 매일 반복하는 물개임을 아이들은 잘 모른다. 아이들은 풀 난간으로 달려가 물개들에게 소리친다. 물개들은 아이들의 소리에는 아랑곳하지 않고 신나게 헤엄치면서 돌아다닌다. 쇼는 끝났다. 마지막으로 이쁜이가 물 밖으로 긴 앞발을 모아 박수를 치는 것처럼 부딪친다. 손을 흔들면서 들어가는 김을 보며 열을 지어 앉아 있던 아이들은 순식간에 우수수 흩어진다.

"김은 네 애인하고 아주 비슷해. 너는 그에게 잘 길들여진 물개고."

로사는 끝내 내가 듣기 싫어하는 말을 던진다. 그녀의 껌 씹는 속도가 빨라지며 소리가 더욱 커진다.

그와 동물원을 나와서 걸어 내려오고 있을 때 담장 너머 놀이동산에서는 마법의 양탄자가 날고 있었다. 그는 내 손을 이끌고 놀이동산으로 들어갔다. 마법의 양탄자는 처음엔 속도를 천천히 해서 앞뒤로 오르락내리락 했다. 점진적으로 속도를 내며 높아지는 양탄자에 앉은 그의 두 볼은 붉게 상기되어 풍선처럼 부풀어 올랐다. 까악 꺅, 온 숨을 다 토해낸 그의 목소리가 공기 중에 흩어졌다. 나의 숨도 잠깐씩 정지했다. 하늘만 보이는 공중에서 나는 숨을 고르기가 힘들었다. 왜 사람들은 살면서 일부러 위태로운 것을 찾아서 즐길까? 블랙홀을 지나갔다. 높은 곳에서 거꾸러지고 360도 회전을 했다. 나는 주체할 수 없는 속도감에 존재감조차 느낄 수가 없었다.

플룸라이드를 타고 동굴을, 폭포를 지나갔다. 보트 아래로 찰랑거리는 물결이 보트의 진행 속도에 따라 물보라를 일으켰다. 속도감에 비례하여 일어나는 물보라의 강약에 따라 그의 목소리는 커졌다가 잦아지곤 했다. 나는 전신까지 차오르는 아니 전신에 감겨오는 물이 그리웠다. 발밑에서만 찰랑거리는 물이 감질나서 견딜 수가 없었다. 목마름. 밤하늘 여기저기서 불꽃이 터졌다. 가면을 쓴 무희들은 엉덩이를 흔들어대면서 떠나는 이들을 배웅하고 있었다. 그는 무희 중의 한 명을 붙잡고 흥겨운 리듬에 맞춰 춤을 추었다. 격렬하면서도 생고무같이 끈적끈적한 스텝. 놀이동산을 떠나는 사람들은 두 사람을 환호했다. 그날 그는 모든 것을 벗어버린 채 즐거워하고 있었다. 내가 새 구두를 신은 발의 통증을 느끼고 있었을 때.

스쿠버다이버가 되었을 때 나는 바닷속 풍경에 취했었다. 환상적인 그곳은 숨이 막힐 정도였다. 가파른 곳을 위아래로 헤엄치며 커다란 해면동물과 산호로 둘러싸여 있는 절벽을 따라 가곤 했다. 그 너머에는 거대하게 군락을 이룬 어류 떼들이 유유히 헤엄치고 있었다. 그는 유능한 댄서가 되기 위해 처음에 여러 번 산에 올랐다고 했다. 다리의 힘을 기르고 폐활량을 늘리기 위해서. 울퉁불퉁한 바위가 튀어나오기도 한 험한 산길을 한참 오른 뒤에 정상에서 올려다본 하늘은 너무 푸르다고 말했다. 그때도 그와 나는 서로 다른 양극을 향해 치닫고 있었다. 그는 위로 나는 아래로. 내가 본 것은 화려한 색이었다. 깊이 잠수할수록 빛이 흡수되므로 색도 자연적으로 색조를 상실한다. 사실 나는 바다 깊숙이 들어간 적이 없었다. 흥미로운 수중 생물들은 얕은 곳에서도 볼 수 있었다. 춥고 어두운 곳. 어머니는 그곳에서 무엇을 본 것일까. 깊이 들어갈수록 볼 만한 것이 없다는데.

　나의 어머니는 바닷속 얘기를 한 번도 꺼내지 않았다. 내가 스쿠버다이버가 되겠다고 했을 때조차도. 그리고 어느 날 물질 나간 어머니는 깊은 바닷속에서 영영 나오지 않았다. 왜 밝고 환한 곳에 실제로 존재하는 자신의 딸에게로 돌아오지 않았을까. 바다 가장 깊숙한 데서 헤엄치는 돌고래와 춤이라도 추고 싶었던 것일까. 돌고래가 끼룩끼룩 소리 내는 노래에 맞춰서. 사람들은 볼 수 없는 그곳이 훨씬 좋을 거라고 생각하면서 동경한다.

　어머니가 머릿속에 떠오를 때마다 나는 무서웠다. 그래서 해수가 따뜻하고 산호와 어류가 풍부하게 어우러진 곳으로만 갔다. 물고기들은 낮에는 잠을 자고 있었다. 쏨뱅이는 산호 속에서, 그물쥐치는 해초를 입으로 물고, 붕장어는 모래 속에 몸을 파묻고 잤다. 물고기는 눈꺼풀이 없어서 잠자고 있는 동안에도 눈을 크게 뜨고 있었다. 그들은 적들에게서 철저하게 숨는 방법을 알고 있었다.

　야간 잠수를 할 땐 라이트를 들고 나갔다. 밤에는 바다 생물들이 먹이를 찾아 암초 밖으로 나왔다. 산호의 구석진 곳이나 갈라진 곳에 틀어박힌 채 먹이를 취했다. 성게 등 바다 생물은 밤에 더 자세히 볼 수 있었다. 그 생물들 속에서 나는 외롭지 않았다. 스쿠버다이빙 동호회에서는 지중해와 홍해에도 간다고 했다. 수천 년 전 해상 무역의 자취인 난파선도, 신비한 산호초도 맘껏 볼 수 있다고 했다. 그랬다. 내가 들어갈 수 있는 바다는 너무 좁았다. 어머니도 늘 그 자리였던 바다가 너무나 지루해서 심해로 가버린 것인지도 모를 일이었다. 그러나 나는 아직 갈 수가 없다. 나는 매일같이 궁궐에서 그와 그의 후예들과 함께 사는 꿈을 꾸었다. 열대, 밀림, 극지방의 온갖 해양 생물이 다 살고 있는 그곳은 아득했다.

겨울에 그와 함께 호수에 간 적이 있었다. 숲이 호수를 방풍림처럼 에워싸고 있는 곳이었다. 수백 마리의 새가 작은 인기척에도 푸른 물살을 가르며 날아올랐다. 그 가운데 눈길을 끄는 새가 있었다. 머리에는 왕관을 두른 듯 흰 털이 빛나고 자주색 몸통을 부채형으로 감싼 채 치솟은 오렌지색 날개 모습은 신비감마저 자아냈다. 물가에서 노닐다 싫증을 느낀 새들은 근처 숲속 나뭇가지로 후르르 날아가 휴식을 취하기도 했다.

"정말 아름답네요. 무슨 새죠?"

"수컷만 보이는가 보군. 저기 저곳에 있는 잿빛의 새를 좀 보라고."

잿빛의 새에게 불만이라도 있는 듯 그가 얼굴을 찡그리며 말했다. 그가 말한 다음에 보니 화려한 빛깔의 새무리 속에 잿빛의 새가 군데군데 끼어 있었다.

"원앙 알지? 신혼집에 가면 화장대에 장식용으로 놓여 있는 한 쌍의 새 있잖아."

내가 고개를 끄덕거리며 알겠다는 표시를 하자 그는 학생들을 데리고 철새 기행을 나온 선생님처럼 열심히 설명하기 시작했다.

"저 여러 마리의 아름다운 수컷들이 왜 저 못생긴 한 마리 암컷을 에

워싸고 있는지 알아?"

수수한 잿빛의 암컷이 못생겼다는 말인가. 그에게 이의를 제기하고 싶었지만 참았다. 새의 세계는 인간과는 반대구나. 너도나도 미녀에게 로만 달려드는 이곳과는. 그가 다음에 무슨 말을 하려는지 알고 있었지만 나는 제지하지 않았다.

"글쎄 말이야……."

그는 기가 막힌다는 듯이 헛웃음을 한 번 웃고 나서 다음 말을 이었다.

"암컷이 저 아름다운 수컷을 한 놈 찍는다는 거야."

뭐 그게 잘못됐나요? 그러나 나의 말은 속에서만 맴돌았다.

"그럼 암컷에게 찍히지 않은 나머지 수컷 새들은 어떻게 되지요?"

"음, 그게 말이야. 찍힐 때까지 체인징 파트너를 하는 거야. 참 피곤한 일이지."

내가 잿빛 새라고 한다면 나는 그를 낙점한 것일까. 빨리 그의 피곤함을 덜어주기 위해서.

"아, 그렇게 힘들게 짝이 이루어져 그처럼 사이가 좋은 것이군요."

"그런데 사람들이 모르는 게 하나 있지. 수컷은 암컷이 알을 낳으면 곧 그 곁을 떠나."

그는 큰 비밀이라도 얘기하듯 진지하게 말했다.

바람둥이구나. 그렇다면 결혼할 때 주례가 '원앙처럼 살라'는 말은 조금 살다가 이혼하라는 악담이었나. 결국은 인간세계와 같게 돌아가는 것이구나. 밝은 이면에 감추어진 어두움. 나는 문득 그의 속을 들여다본 것 같았다.

나는 바다를 특수 수조 안에 그대로 재현한 이곳으로 왔다. 화려한 수족관 뒤에는 이곳을 위한 온갖 인공 설비들이 장치되어 있다. 바다 생물을 연구하는 어병연구 설비, 플랑크톤을 배양하는 이뇨배양 설비, 인공부화 설비, 수질분석 설비, 순환여과 시스템……. 음향, 조명, 소품들이 어울려서 이뤄지는 무대 위의 연극이 진짜 삶이라고 착각하게 하는 것처럼. 나는 인어공주 역을 맡은 다이버가 되었다. 인어공주 웨트슈트와 인어꼬리 오리발을 신고 물속을 헤엄치다 보면 실제로 내가 사람이 아닌 인어가 된 것처럼 여겨진다. 영영 사람이 될 수 없을 것 같은 두려움에 사로잡히기도 한다. 인어공주 쇼에서 로사가 가져다준 파란 물약을 먹을 때면 정말 안심이 되었다.

오후 쇼는 오전보다 여유가 있다. 쇼 시작 전에 로사 앞에서 무지개 색 웨트슈트를 입고 모델 포즈를 취한다. 로사는 언제나 같은 나의 몸짓에도 깔깔거리며 박수를 친다. 수조 밖에서 인어공주가 나타나기를 고대하며 웅성거리는 아이들 소리를 들으면 알 수 없는 힘이 솟구치기도 한다. 화려한 조명과 음악, 그리고 수조 밖에서의 환호. 이것만으로도 충분하지 않은가. 나는 인어공주 쇼의 시작 멘트와 함께 가오리가 춤추고 있는 수조 속으로 힘껏 내딛는다. 인어가 되어.

수중에서 온종일 흐느적거리는 꼬리가 저려서 견딜 수 없을 때 나는 무도회장을 찾아갔다. 무도회장에서 그를 만났던 날, 그는 입구에서 수줍게 서 있던 나를 이끌고 사방이 거울로 된, 그래서 몇 배 더 넓어 보이는 무도장을 몇 바퀴나 돌았다. 어지러웠다. 나는 하늘을 날아다니는 듯했다. 서로 말은 하지 않아도 음악에 맞춰 얼굴을 마주 보며 손을 잡고 함께 스텝을 맞춘다는 건 얼마나 은밀한 대화인가. 사람과 사람이 몸을 맞대고 숨소리를 들으며 춤을 춘다는 것은 나에겐 물 밖의 또 다른 세상이었다. 그는 그날 몇 마디 말도 건네지 않은 채 몸짓으로 나를 그의 세계 속으로 깊숙이 끌어당겼다.

이제 나는 룸바를 춘다. 물속에서 느리게 유영하는 내가 아니다. 뜨거운 나라의 정열을 맘껏 그에게 쏟아붓는 몸짓을 한다. 그는 나를 약올리고 도망가고, 나는 유혹을 당했다가 차이는 역할의 몸짓을 능란하게 한다. 나는 삼바를 추면서 카니발의 댄서가 된다. 가볍고 정열적인 몸짓. 독특하고 빠른 리듬 속에서 골반의 자유로운 동작을 할 수 있는 나를 그는 좋아한다. 나는 앞으로 그와 함께 자이브도 출 것이다. 매우 빠르고 에너지를 요구하는 춤을.

점심을 먹고 커피를 마시고 있을 때 그에게서 전화가 왔다.

"빗소리 듣고 있나? 마치 음악 소리 같지 않아?"

나는 적막 속에서 이따금씩 사르륵거리는 물고기의 숨소리와 수면의 이동 소리를 듣고 있어요. 그는 내가 있는 곳, 물속을 자주 잊는다.

바다 무용 축제 때였다. 나는 해변 무대에 초대받은 그와 동행하였다. 바다를 향해 서 있는 무용수들. 그들이 함께 움직일 때마다 박수가 터져 나왔다. 걸음걸이나 손의 움직임은 관객에게 답답하고 불안한 감정의 상태를 던져주고 있었다. 파괴되는 아픔과 고통을 표현하는 것이라고 했다. 모래 바닥에 미리 놓아둔 계란도 밟아 깨뜨렸다. 극명해지는 고통의 표현들. 땅 위에서는 모든 것이 보이고 표현될 수 있었다. 그때 나는 해변에서 유람선 불빛을 배경으로 내 손을 잡고 낭만적인 춤을 추는 그를 떠올렸다. 그날 밤 나는 그의 품에 있었다. 노란색 벽지에 검은 점들이 잘게 수놓아져 있는 방이었다. 그곳은 내가 꿈꾸어오던 세상의 중심이었다. 싱싱한 팔과 다리가 바다 냄새가 나는 나의 온몸을 휘감으며 격렬하게 내 몸속으로 들어왔다. 우리는 오랫동안 서로의 몸을 더듬었다. 벽지 위 검은 점들이 노란색 희망의 공간에서 둥둥 떠다녔다. 커튼 사이로 들어온 귤빛 햇살이 방 안을 가득 채우는 새벽이 되도록 그는 나를 안고 있었다. 어머니가 문득 떠올랐다. 어머니가 불렀다. 저 밑이 훨씬 좋아, 더 좋은 곳이야. 푸른빛이 너무 아름답구나. 어서 물속으로 들어와 보렴.

"인어공주는 친구 로사가 가져다준 파란 물약을 먹고 목소리를 찾았습니다. 이제 왕자님이 있는 곳으로 가서 축제의 주인공이 될 것입니다."

나는 수조 안에서 축제의 음악이 멈출 때까지 로사와 함께 춤을 춘다. 인어공주 쇼는 끝났다. 아이들이 인어공주와 사진을 찍으러 다가온다.

사무실로 와 아쿠아리움 홈페이지 게시판에 올라온 질문들을 열어본다.

'가오리가 물지 않나요?'

'수족관에 백상어가 있나요?'

'해마를 키우고 싶은데요.'

'니모는 어떤 물고기예요?'

사람들은 물속 세상에 흥미가 많다.

'아쿠아리스트가 되고 싶어요.'

'아쿠아리스트가 되려면 어떻게 해야 하나요?'

'스쿠버다이빙 자격증을 따야 하나요?'

'인어공주 쇼가 끝난 다음엔 무엇을 하나요?'

'아쿠아리스트를 하면서 제일 보람이 있을 때는 언제인가요?'

질문에 댓글을 달면서 나는 마음속으로 그들에게 똑같이 말한다. 곁에 있는 것을 사랑하라고.

퇴근하기 전에 맨 얼굴에 화장을 한다. 오렌지 꽃 향수까지 뿌리면 화려한 외출 준비는 끝난다. 저녁에만 꼬리가 다리가 되는 여자. 저녁에는 물고기가 아닌 사람이 되어 사람을 만난다.

"오늘 같은 날일수록 오렌지 꽃 향수를 흠씬 뿌려야 해. 화사한 오렌지 꽃 향에 물 냄새가 날아가거든."

"나는 어렸을 때 향수 냄새가 아주 싫었어. 엄마가 향수를 짙게 뿌리고 나간 날이면 나는 아주 오랫동안 혼자 있어야 됐거든. 지금은 내가 그 향수를 아주 좋아하게 되었지만."

"섬나라 사람들이 왜 오렌지 꽃 향을 좋아하는 줄 아니? 축축한 것이 싫은 거지. 화사해지고 싶은 거야.”

로사는 아는 것도 많다. 나갈 채비를 하면서 계속 종알댄다.

‘무호흡 잠수인 프리 다이빙 세계 챔피언 ○○○ 선수가 수심 125미터 신기록을 달성했습니다. 그는 보통 수심 150미터까지 잠수하는 돌고래와 함께 유영했습니다.’

라커 룸 옷장 위에 놓여 있는 라디오에서 들려오는 소리가 꿈결 같다.

수중으로 잠수할수록 일상생활의 소음은 사라진다. 수중 호흡기에서 슈슈 소리와 부글부글대는 소리만 들린다. 속도나 힘의 테스트가 아닌 스쿠버다이빙을 나는 좋아했다. 숨을 멈추고 신속하게 잠수를 하고 난 뒤에 바닷속에서 여유롭게 떠다니는 상태를 나는 즐겼다. 그 순간 세상의 모든 소요가 잦아들고 심장이 멎을 듯한 희열이 넘쳤다. 바닷속으로 더 깊이 잠수할수록 검푸른 빛은 나를 더 깊숙이 빨아들이려고 손짓하였다. 완전한 평화를 누릴 수 있다고 하면서. 깊어지는 바다의 그 푸른 빛깔은 언제나 신비롭지만 또한 냉정하다. 어머니는 호흡을 하지 않고 자체 힘만으로 바다 밑으로 내려갔다. 어머니는 영원한 휴식을 원했던 것일까. 바다에서만 살아야 하는 인어의 고향에서.

나는 내일 다시 축소된 해저의 지하 계단을 밟을 것이다. 언젠가는 문득 지중해와 홍해의 바닷속을 유영하기 위해 떠날지도 모른다. 그리고 나의 어머니처럼 수중 호흡 장치를 모두 떼어버리고 끝없는 바다의 심연 속으로 다시 내려가는 날을 기다릴 것이다. 한낱 물거품이 되어

떠다니다가 푸른 하늘 속으로 날아 올라갈지라도.

물기로 가득 차 금방이라도 물바다가 될 것 같은 저녁. 하루 종일 내린 비는 쉽사리 그칠 것 같지 않다. 공중에 가득 떠 있는 우산들. 그 아래로 힘차게 지상에 발을 내딛고 있는 수많은 다리들이 보인다. 우산을 편다. 비로소 나의 몸에선 꼬리가 슬그머니 자취를 감추고 다리가 생겨난다. 노란색 레인코트를 입은 나는 오렌지 꽃 향수 냄새를 풍기며 바삐 걷는다.

마릴린 먼로가 좋아

K를 만나고 들어온 남편에게서 그녀의 죽음 소식을 들었다. 이미 두 해 전이라고 했다. 아팠대? 사고래? 연거푸 묻는 나에게 남편은 K에게 무연고 시신을 찾아가라는 연락이 왔다고 했다. 그래서 갔대? 본인은 안 가고 두 아들이 갔대. 가슴이 먹먹했다. 드라마를 보느라 남겨놓은 설거지를 마치려고 개수대로 갔다. 물을 틀어놓고 그릇들을 거세게 부딪쳤다. 이건 아니지 않은가? 그날들이 아득했다.

영등포에 있는 그 교회는 유독 청년들이 많았다. 모태신앙으로 오랫동안 습관적으로 교회를 다니는 장로나 권사의 자제들도 있었지만 각 지역에서 모여든 청년들이 대부분을 차지했다. 부산에서 올라와 대학에 다니는 남매가 있는가 하면 나룻배로 강을 건너야만 닿는 소백산 기슭 촌마을에서 올라온 S는 가리봉동 공장에 다녔다. 신학대학교를 갓 졸업한 전도사는 의욕이 넘쳐났다. 그 전도사를 필두로 청년들은 제자십에 몰두했다. 리더와 헬퍼를 세우고 모선교회에서 펴낸 교재로 성경 공부를 했다. 잘 짜인 그 교재는 20대 청년들이 하나의 푯대 아래 같은 이상을 품게 했다. 모두 예수의 참 제자가 돼야 했다. 참 제자가 정확히 무엇인지 몰라도 참 제자는 되어야 할 목표였다. 일주일에 몇 번이고 저녁이면 학교와 직장에서 나와 교회로 모였다. 세상으로 나가 전도하는 것이 제일 큰 사명이라고 했지만 사실 그것은 교회에 있을 때만의 뜨거운 열망이었다. 나는 교회에 있을 때 그 사명을 갈망했지만 밖으로 나가면 아무것도 아닌 것이 되었다. 온탕과 냉탕을 왔다 갔다 하는 기분이었다.

초등학교 동창 은이를 통해 다니게 된 교회였다. 초등학교 졸업한 뒤로 거의 10년 만에 만난 은이는 많이 달라져 있었다. 말할 때마다 '예수'라는 말이 들어갔다. 모태신앙이면서도 드문드문 어쩌다 교회를 나가는 나 같은 존재는 은이에게 더할 수 없는 표적이었다. 은이는 거의 매일 전화를 하고 만날 때마다 소책자를 주면서 읽어보라고 했다. 구원, 믿음, 영접 같은 익숙하면서도 잘 다가오지 않는 단어들이 가득한 책자였다. 나는 은이가 좀 귀찮기도 했지만 거세게 물리치지도 못했다. 뭐라 할 수 없지만 은이는 카리스마 같은 게 있었다. 가끔 나를 붙들고 기도를 하면서 울기도 했다. 그러면 내 가슴이 뜨거워지고 벌렁거리기도 했는데 은이는 그때마다 성령이 역사한 것이라면서 무척 좋아했다. 그 당시 나는 대학 2학년이었고 도무지 나의 정체성을 찾지 못한 채 헤매고 다닐 때였다. 아무튼 요상하게도 나는 은이를 만난 뒤로 은이만큼은 아니어도 그 교회 청년부의 당당한 일원이 되었다. 얼마 후에는 제자 양육 소그룹의 리더를 돕는 헬퍼로 세워졌다. 비로소 내 정체성이 생기고 미래의 목표가 생긴 것 같은 느낌이었다. 소모임 리더는 K였다. 그는 강직하면서도 따뜻하고 부드러운 사람이었다. 나는 그런 K에게 빠르게 스며들었다. K는 공대생이었는데 사전 정보가 없다면 신학이나 문학을 전공하는 것 같았다. 다른 사람들도 그렇다고 했다. 여러 후배들이 따랐고 K의 신앙과 사람됨을 칭찬했다. 나는 K가 속한 소그룹의 헬퍼인 것이 자랑스러웠다. 나는 본격적인 소그룹 모임이 있는 주일예배를 기다렸고 리더 헬퍼 사전 모임은 더욱 좋았다. K가 있는 곳이라면 어디든.

교회 청년들이 술렁거렸다. 담임목사가 교회 재산을 빼돌려 개인 착복했다고 했다. 청년들은 분노했다. 각 소그룹 리더들은 오래전부터 그 사실을 증명하기 위해 많은 자료들을 찾아내어 확보했다. 당회와 교역자들이 모르게 발 빠르게 움직였다. 그 중심에 K가 있었다. 사월 셋째 주 부활 주일, 몇몇 청년들은 교회 입구에서 담임목사를 고발하는 전단지를 나눠주었다. 들여다보지도 않고 밀어내는 사람들이 있는가 하면 누군가는 반으로 접어 가방 속에 넣었다. 청년부 소속 거의 모든 청년들은 열한 시 대예배에 참석해 흰 천으로 덮인 성찬 제단 가까이 포진해 있었다. 담임목사가 부활의 설교를 마치고 성찬식을 거행하려는 찰나에 앞에 흩어져 앉아 있던 청년들이 일제히 일어났다. 뒤

돌아서 붉은 카펫이 깔린 예배당 통로를 줄지어 나왔다. 청년들은 당당하게 고개를 들고 행진하듯 걸었다. 여기저기서 웅성거림과 따가운 시선이 느껴졌지만 그것은 오히려 청년들의 가슴을 더 뜨겁게 타오르게 했다. 3층 본당을 나와 2층 청년부실로 오기까지의 거리가 수백 킬로미터의 광야길 같았다. 나는 앞장서 걸어가는 K의 뒤통수만 바라봤는데 그의 비장한 마음을 읽을 수 있었다. 청년부실로 돌아온 청년들은 손을 들어 큰 소리로 찬양을 하고 방언이 터진 듯 알 수 없는 언어로 기도를 했다. 그날 이후로 청년부 담당 전도사는 더욱 소리 높여 정의와 공의가 강물같이 흐르는 이 땅의 실현에 대한 설교를 했다. 더불어 K의 눈빛은 더욱 형형해졌다. 나는 막연히 나의 미래 속에 K를 집어넣었다.

청년부에서 서로에 대한 호칭은 형제자매였다. 그 호칭은 다정했지만 한편 더 이상 다가갈 수 없는 거리를 유지하게 했다. 매 주일 거의 새로운 형제자매가 생겼다. P와 그녀는 비슷한 시기에 교회에 왔는데 서울에서 자취를 하는 지방 사람이었다. P는 너무나 평범해서 돌아서면 그의 존재를 잊어버렸다. 예배 도중에 휙 하고 나타나 2부 제자 양육 소모임이 시작되기 전에 사라지는 것이 다반사였다. 그녀는 나와 동갑이었고 곱고 하얀 피부에 꽤 예쁜 편이었다. 무슨 좋은 일이 그리 많은지 늘 생글거렸다. 해남이 고향이었는데 가끔 튀어나오는 남도 사투리가 이미지를 배반했다. 더욱이 대학에서 역사교육을 전공한다는데 내가 보기에 역사의식 같은 건 하나도 없어 보였다. 무슨 얘기를 하다가도 말문이 막혀 끊기고 정 안 되면 실눈을 뜨고 살포시 웃으며 마무리를 지었다. 어느새 여자 동기들은 그녀가 안 보는 데선 그녀를 백치미의 대명사인 마릴린 먼로라 불렀다. 그리고 그녀가 역사교육을 전공한다는 건 불가사의라고 하면서 뒷말들을 했다. 그렇다고 그녀에 대해 안 좋은 감정을 가진 것은 아니었다. 누구라도 그녀의 사투리와 미소에 무장해제되었다. 남자 형제들의 속내가 궁금하기도 했다. 그녀가 없을 때 동기들 사이에서 어느 형제가 그녀를 좋아할까 하고 퀴즈처럼 말하기도 했는데 K가 거론된 적은 한 번도 없었다. 나 또한 그런 염려는 추호도 하지 않았다. K는 오히려 그녀와는 정반대의 여자를 좋아할 것이라고 확신했다.

그녀는 교회 근처에서 자취를 했다. 그곳은 청년부 자매들의 아지트였다. 오전에 주일학교 교사로 봉사하는 청년부 자매들은 오후 청년부 예배가 시작되기 전 틈이 생기면 그녀의 방에서 잠깐 몸을 뉘었다. 때로는 우르르 몰려가기도 했는데 그녀는 팔을 걷어붙이고 각종 야채를 버무려 부침개나 새콤한 비빔냉면을 해줬다. 그녀는 우리가 뭘 먹고 싶다고 하면 뚝딱 금방 해내 왔다. 음식 솜씨가 훌륭했다. 자매들은 그녀 집에 있으면 식사할 때 감사기도 정도는 했지만 신앙적인 의식에서 많이 벗어났다. 어느 날, 은이가 장난스럽게 이름 대신 그녀를 '마릴린 먼로'라고 불렀다. 그녀는 뜻밖에도 예의 그 미소를 짓고 치마를 걷어 올리며 영화 〈7년 만의 외출〉 속에 나오는 환풍구 장면을 흉내 내었다. 청년부 자매들은 박장대소하며 뒤로 넘어지는 시늉을 했다. 그때부터 그녀는 교회에서도 공공연히 '마릴린 먼로'라 불리었다. 특히 청년부 형제들이 그 이름을 반기는 것 같았다. 교회 청년부는 마릴린 먼로가 된 그녀로 인해 더 환해지고 소란스러워졌다. 어쩌다 그녀의 진짜 이름을 부르면 더 어색했다.

나는 대학을 졸업하고 종로에 사무실이 있는 조그만 무역회사에서 일했다. 명목은 번역 일이었지만 여자는 나 혼자라 타이핑부터 온갖 허드렛일은 다 나의 몫이었다. 직장에서 나의 이상은 없었다. 나는 청년부에서 리더가 되었지만 학생 때와는 다르게 지쳐가고 있었다. 나의 현실과 신앙의 거리는 더 멀어졌다. K와의 거리 또한 조금도 가까워지지 않았다. 수련회, 성경 세미나, 전도, 찬양대회 등에서 자주 함께했지만 나는 신앙의 성장이 아닌 K를 향한 감정만 커갔다. K 역시 나와 같은 해에 졸업을 하고 건설회사에 들어갔는데, 그의 신앙에 대한 열정과 견고함은 여전했다. K의 그런 점은 나를 더욱 그에게로 끌리게 했다. 나는 마음속에서 줄곧 K와 함께하는 그림을 그렸다. 사막 한가운데서 헤맬지라도 그와 함께라면 좋겠다고 생각했다.

나른한 사월의 어느 봄날, 사무실에서 외국 상품 카탈로그를 번역하고 있는데 P에게서 전화가 왔다. 뜻밖이었다. P는 내 사무실 근처에 있는 모피회사에 다니고 있었다. 그날 처음으로 점심시간에 P와 만나 칼국수를 먹었다. P는 공깃밥까지 추가해서 국물에 말아 게걸스럽게 먹었다. 그날 이후로도 P는 가끔 나의 점심시간과 퇴근 시간에 맞춰 밥이나 같이 먹자며 연락을 해 왔다. 같은 교회에 다니며 직장이 인접해 있다는 것은 P가 연락하기에 좋은 구실이었다. 더구나 P가 청년부 예배 외에는 다른 활동을 하지 않아 나에게도 부담스러울 것이 없었다. P는 모피가 잘 팔린다고 하면서 우리나라도 이제 살 만하다고 했다. 나는 따분한 나의 업무와 사무실 사람들에 대해 얘기했다. P와 나의 대화에 믿음이라든지 사명 같은 신앙적 단어는 끼어들 틈이 없었다. 그리고 무엇보다 P를 만나는 동안 나는 K를 잊을 수 있었다.

어느 날, P를 만났을 때 평소와 다르게 교회 사람들 얘기를 하게 되었다. 뜻밖에 P는 K에 대해서 말했다. P는 제자 양육 소그룹에 참석하지 않아도 남자 형제들의 근황을 잘 알고 있었다. 나는 귀를 쫑긋 세우고 아닌 척하면서 P에게서 K에 대한 것을 끄집어내려고 애썼다. P는 아무렇지도 않게 말했다. K가 곧 결혼할 것 같아. 나는 둔기로 머리를 한 대 맞은 듯 아찔했다. 하지만 억지로 태연을 가장하면서 스무고개를 하는 것처럼 다음 질문을 했다. 내가 아는 사람이에요? 그렇긴 한데……, 하며 P는 말끝을 흐렸다. 아는 사람이라니. 더 큰 충격이 가해졌다. 나는 마음을 가다듬고 다음 질문을 했다. 누구랑? P는 대답하기 전에 여느 사람들처럼 말했다. 아직 말하면 안 되는데. 나 또한 여느 사람들처럼 다음 말을 이었다. 아무에게도 말 안 할 테니까 말해줘요. P는 한참 뜸을 들였다. 나는 혀끝이 탔다. 한편 P의 대답을 듣는 것이 두려웠다. 이미 K가 내가 아는 여자와 결혼한다는 것만으로도 엄청나서 그 다음 충격은 감당할 자신이 없었다. P는 이미 말하려고 작정했던 것처럼 내가 다시 재촉하기 전에 던지듯이 내뱉었다. 마릴린 먼로! P는 내 심중을 헤아려서 그런 건지 해찰하듯이 그 다음 말들을 이어 나갔다. K의 어머니는 마릴린 먼로가 맘에 안 들었대. K도 처음 사귈 때와는 달리 마릴린 먼로에게 실망도 했다나 봐. 그런 말은 필요 없었다. 더 이상 아무 말도 귀에 들어오지 않았다. K에 대한 분노와 그녀에 대한 질투로 끓어올라 온몸이 터져버릴 것 같았다. 예쁘기만 하면 다인가? 똑똑하지도 않은걸. K의 취향이 그랬단 말이지. 나는 아무리 이렇게 저렇게 뒤집어가면서 생각해도 정리가 안 되었다. K의 속을 홀랑 뒤집어 정확히 읽고 싶었다. 그 뒤로 한동안 나는 P의 연락에도 무심했다.

K의 결혼식 며칠 전 나는 퇴근길에 어스름한 저녁이 캄캄해지도록 그의 집 앞을 서성였다. 눈이 내려 쌓이고 있었다. 온 세상이 하얗게 변해가고 눈길은 가로등 불빛에 어룽어룽 반짝였다. K는 밤늦도록 오지 않았고 나는 눈길에 미끄러지지 않으려고 애쓰면서 수백 번 그 길을 왔다 갔다 했다. 그동안 한 번도 내게 오지 않았던 K를 기다리며. K를 그렇게 내 마음에서 떠나보냈다.

K와 그녀는 크리스마스 전날, 부활절 성찬식 때 청년들이 뒤돌아 나온 교회 본당의 붉은 카펫을 밟고 웨딩마치를 울리며 행진했다. 나는 결혼식에 가지 않았다. 그동안 그녀를 마릴린 먼로라 부르며 자취방에 드나들었던 자매들이 결혼식을 하기까지 드레스를 고르고 야외촬영하는 데를 따라다녔다. 나는 늘 한결같은 회사 일이 바쁘다고 핑계 대며 뒤로 빠졌다. 그녀가 부케 받을 사람으로 나를 지목했는데 나는 불쾌한 마음을 억누르며 웃으면서 사양했다. K와 그녀는 홀시어머니가

있는 시집에서 신접살림을 시작했다. 그런 소식을 내가 묻기도 전에 은이나 P가 물어다 주었다.

왜 내가 그녀의 집들이에 갈 마음이 들었는지는 잘 모르겠다. 홀시어머니의 시집살이가 만만치 않다는 소문의 진상을 확인하고 싶었는지 모른다. 그러면 꽉 막힌 가슴의 일부가 무너져 내리지 않을까 하는 바람이 한 켠에 있었을까? 선물로 초원에 있는 풍차 모양의 벽걸이 시계를 들고 갔다. 좁은 거실에 청년부 형제자매들이 왁자지껄하며 가득 앉아 있었다. 그녀와 K의 어머니가 주방 조리대 곁에 서 있었고 몇몇 자매들이 다 된 음식을 담아 옮기고 있었다. K의 어머니는 나의 인사를 받으면서도 얼굴을 잔뜩 찌푸렸다. 그녀 표정 또한 굳어 있었다. 그녀가 들기름에 재워놓은 김을 팬에 한 장 한 장 굽고 있었는데, K의 어머니는 그러면 어느 세월에 굽느냐며 주위 사람은 아랑곳하지 않고 핀잔을 주었다. 나는 저간의 사정을 알았지만 실체를 확인하는 순간 민망해서 얼굴이 화끈 달아올랐다. 그런 한편 마음 깊은 곳에서 안도의 한숨을 쉰 것은 또 무엇일까? 식사를 하면서, 다른 자매들과 신혼 방을 구경하면서 나는 내내 K와 그녀에게 시선을 두고 쫓았다. 그러면서 두 사람의 결혼이 불행으로 끝나기를 마음속으로 간절히 바랐다.

여전히 발전이 없는 무역회사에서 내가 똑같은 일을 반복하고 있을 때 P는 모피회사에서 브랜드가 꽤 알려진 의류회사로 직장을 옮겼다. 사무실은 강남에 있었고 그러면서 사실 P가 나에게 연락할 구실도 사라졌다. 그런데 얼마 후에 P는 새로운 구실을 만들어 나에게 연락을 했다. 나는 좀 더 모던하게 느껴지는 강남이 좋고 새로워지고 싶어 P의 강남에로의 초대를 거절하지 않았다. K가 청년부를 떠나자 나는 얼마 후에 제자반 리더를 그만두었다. P를 만날 수 있는 시간은 많아졌다. 그렇게 1년여를 보내고 나는 P와 결혼했다. P는 프러포즈를 하지 않았고 나도 프러포즈를 받을 생각이 없었다. 어느 시점이 지나자 자연스럽게 결혼에 이르렀다고 할까? P와 나는 나의 친정 근처 광명에 조그만 빌라 전세를 얻어 결혼 생활을 시작했다. 나는 그 김에 지루하고 따분한 회사를 그만두고 집에 들어앉았다.

교회는 사람들이 각자가 되어 흩어지는 것을 그냥 두지 않는다. 모이기를 힘쓰라는 성경 말씀을 내세우면서. 결혼을 하면서 청년부를 나오자 '새가정부'라는 것이 있어서 청년부에 있던 적지 않은 사람들을 다시 만나게 되었다. 남편이 된 P는 의외로 새로운 소속을 반겼고 열심이었다. 그 조직의 회장은 만장일치로 K가 되었고 P는 허드렛일을 도맡아하는 총무 일을 자처했다. 토요일 저녁마다 만나 가정 사역에 대한 성경 공부를 했다. '가정이 살아야 교회가 산다'는 캐치프레이즈 아래 모일 때마다 성경에 입각한 행복한 부부 생활, 자녀 양육 등에 관한 교육이 이루어졌다. '세계선교', '제자의 길' 등 거창하고 이상적이어서 잡혀지지 않는 청년부에서의 목표보다는 현실적인 것으로 다가왔다. P와 나는 열심히 그 모임에 참여했다. 돌아가면서 집에 초대하기도 하고 아이가 태어나면 집에서 잔치를 했다. 봄가을로 꽃이 피고 날씨가 좋을 때면 도시락을 싸서 가까운 공원으로 소풍을 갔다. 그러한 소소

한 일상들이 편편한 내 삶을 부풀게 했다. 교회에서의 공식적인 새가정부 부서의 기간이 끝나도 처음에 함께 모였던 같은 기수의 사람들은 어디서건 모임의 명맥을 유지해 나갔다. 그렇게 이어지는 명맥처럼 K에 대한 나의 아스라한 미련도 쉽게 끊어지지 않았다.

사월의 봄날, 꽃이 만개했을 때 교회 인근 공원에서 새가정부 사람들이 야유회로 모였다. 결혼한 형제자매들은 서리집사로 임명되어 집사라는 호칭으로 불렸다. 그래도 자매들은 여전히 누구 언니라거나 이름을 불렀다. 남자들은 족구장에서 족구를 했다. 여자들은 아이를 태운 유모차를 밀거나 아장아장 걷는 아이의 사진을 찍었다. 삼삼오오 모여 청년부 때 자주 읊었던 성경 속 단어들 대신 아이들이나 시댁과 친정의 가정사를 얘기하며 깔깔댔다. 그녀는 대화 속에 끼어 빙그레 웃다가 자매들과 뚝 떨어져 공원 저쪽으로 사라졌다. 그녀는 결혼과 동시에 임신을 해서 연년생으로 아들 둘을 낳았다. 새가정부 형제자매들은 시집살이를 하면서 아들 둘을 키우는 그녀의 힘겨움에 많은 위로의 말을 던졌다. 그때마다 그녀는 살며시 웃을 뿐 더 이상의 말은 하지 않았다. 그때 그녀의 가슴속에 고이는 어떤 것이 보이는 것 같았다. 아이들이 미끄럼틀 주위에서 놀고 있는 동안 나는 꽃이 만개한 벚나무 사이를 걸었다. 저만치 시소가 있는 모래밭에서 그녀가 서성거렸다. 그녀는 마치 순례자가 하늘을 향해 기도하듯 천천히 두 손을 뻗었다가 내려놓았다. 가까이 다가갔다. 그녀는 맨발이었다. 모랫바닥에 슬리퍼가 내던져져 있었다. 맨발로 사뿐히 모래 위를 걸었다. 물기가 있는 모래는 그녀의 발가락 사이로 붙어 뭉쳐 있었다. 마릴린 먼로, 여기서 뭐해? 그녀는 나를 보고 웃었다. 반쯤 풀어진 눈에 입을 살짝 벌리고서. 입술의 붉은 립스틱이 햇살에 번질거렸다. 모래 느낌이 너무 좋아. 그 순간 서늘한 기운이 내 가슴을 훑고 지나갔다. 나는 더 이상 어떤 말을 건네기가 힘들었다. 이제 다 같이 모여 점심 먹을 거니까 저쪽으로 가자. 그 사이에 다른 자매들이 다가와서 맨발의 그녀를 야릇한 시선으로 쳐다보았다. 먼저들 가. 나는 여기 좀 더 있다 갈게.

그 야유회 이후로 교회에서 그녀에 대한 말들이 자자했다. 그녀가 이상해졌다는 것이었다. 게다가 그날 K의 반응에 대한 말들도 얹어졌다. 잔디밭에 둘러앉아 준비해 온 음식들을 먹을 때 K는 아이들만 챙긴 채 끝내 모래밭에서 맨발로 배회하는 그녀를 데리러 가지 않았다. 나는 K의 쓸쓸한 표정을 엿보며 묘한 승리감을 느끼면서도 마음 한구석이 헛헛했다. 아이가 두 돌이 될 무렵 P와 나는 대출을 받아 이전에 살았던 집보다 조금 넓고 쾌적한 신축 빌라로 옮겼다.

K와 그녀가 드디어 시집에서 독립해 살림을 났다. 두 사람 중 누구의 의도였는지는 모르겠지만 그들이 광명의 우리 동네로 첫 거처를 삼은 것은 의문이었다. P는 같은 교회 다니는 K가 한 동네에 살게 되어 잘됐다고 했다. 이사 오면 우리 집에 초대하자고도 했다. 집들이는 새로 이사 온 사람이 해야지. 나는 퉁명스럽게 내뱉었다. 한편 그녀의 신혼 집들이가 떠오르며 새롭게 기대되기도 했다. 그녀 집은 큰길 건너편 언덕 위 다세대 주택 3층에 있었다. 걸어서 20분 정도로 꽤 거리가

되었다. 그녀는 이사한 지 얼마 안 되어 P가 출근한 낮에 두 아이 손을 잡고 우리 집을 방문했다. 가루 비누와 두루마리 휴지를 한 아름 안고서. 고만고만한 그녀의 두 아들과 나의 아이는 거실을 잔뜩 어지럽히며 잘 놀았다. 나는 아이들이 서로 어울릴 수 있어 좋다고 생각했다. 그녀는 결혼한 몇 년 사이에 딴 사람이 되어 있었다. 말수가 줄었고 여전히 예의 마릴린 먼로의 미소를 지었지만 예전의 생기는 없었다. 나는 그녀가 먼저 말하기 전에는 그간의 결혼 생활에 대해 묻지 않았다.

얼마 후에 그녀는 우리 가족을 새로 이사 온 집에 초대했다. 주말 저녁이었다. 나는 아이를 씻기고 얼마 전에 사둔 새 옷을 입혔다. 꽃집에 들러 행운목이 심긴 작은 화분을 샀다. 다세대주택은 가파른 언덕에 있었고 그녀가 사는 3층은 아이들을 데리고 계단을 오르기에는 힘겨웠다. P는 화분을 양손으로 들고 올라갔다. 나는 아이의 손을 꼭 잡고 느리게 계단을 밟았다. K가 문을 열어주었다. 주방과 이어진 거실은 나름대로 정리한 흔적이 보였고 교자상 두 개를 붙여 펼쳐놓고 있었다. K의 아이들은 우리 아이를 반기며 손을 잡고 자기들 방으로 들어갔다. 그녀는 우리 부부를 보고 잠깐 고개를 돌려 인사를 하고는 주방 싱크대에서 하고 있던 일에 몰두했다. 나는 코트를 벗어 걸고 주방 그녀 곁으로 갔다. 식탁 위는 양념 부스러기가 튀어 있었고 몇 개의 볼에 나물과 잡채가 담겨 있었다. 레인지 위 팬에는 아직 조리되지 않은 불고기 재료가 들어 있었다. 그녀는 뭘 먼저 해야 할지 몰라 우왕좌왕 헤매는 모양새였다. 그녀에 대한 최근 느낌을 확인하는 것 같아 당황스러웠다.

교회 근처 자취방에서 깔끔하고 신속하게 맛있는 음식을 해내주던 그녀가 떠올라 순간 가슴이 아렸다. 나는 얼른 팔을 걷어붙이고 팬에 있는 고기를 볶아냈다. 수납장 구석에 있는 먼지 낀 접시를 닦아서 볼에 있는 음식들을 담았다.

방에서 레고를 잔뜩 늘어놓고 놀고 있는 아이들을 불러내어 상 위로 모여 앉았다. K가 대표로 감사기도를 드렸다. 음식은 싱겁거나 많이 짰다. P가 식사를 하며 가끔 눈살을 찌푸렸고 나는 아이에게 김을 싸서 밥을 먹였다. K는 굳은 얼굴로 아무 말도 하지 않았다. 그녀는 아이들에게 미역국에 밥을 말아 먹였다. 아이들은 상에 밥풀을 흘리고 국물이 묻은 입가가 번들거렸지만 그녀는 개의치 않고 아이들에게 밥을 먹이는 데만 열중했다. K는 한 번이라도 간섭할 만한데 그쪽으로는 아예 눈길을 주지 않았다. K는 P에게 새로 옮긴 의류회사가 어떤지 물었으며 자신의 회사 해외 진출에 대해서 말했다. 식사를 마치고 상을 치울 때에도 가만 내버려두면 그녀의 속도로는 언제 끝날지 몰라 나는 이번에도 팔을 걷어붙이고 설거지를 했다. 아이들은 다시 방으로 가서 하던 일에 열중했다. 그녀는 말이 없었고 가끔 픽 웃었다. 다행히 TV 주말 오락 프로그램을 보면서 어색함을 메웠다. 돌아오는 길에 P는 잠든 아이를 업고 말없이 걷다가 한마디 던졌다. 이럴 거면 왜 오라고 했지?

그녀는 우리 아이가 어린이집에서 돌아오는 오후에 두 아이 손을 잡고 우리 집에 왔다. 그녀는 우리 집에 들어서면 거실과 주방 주위를 둘러보며 살림살이를 매만졌다. 늘 같은 자리에 붙박여 있는 물건들을 보며 이건 언제 산 것이냐고 새삼스럽게 물었다. 그 질문을 다음에 올 때 똑같이 했다. 사내아이들은 좁은 거실을 잔뜩 어질러놓고 어느 때는 베란다까지 장악을 했다. 그녀와 나는 예전처럼 할 말이 많지도 않았다. 시어머니와 K에 대한 궁금함을 돌려 물어보기도 했는데 대답 또한 짧아 시원치 않았다. 그녀는 확실히 달라졌고 이상했다. 그리고 그런 그녀를 방임하는 K는 더 이상했다. P에게 그 얘기를 하면 결혼 생활이 그리 수월하기만 하겠냐고 대수롭지 않게 반응했다.

나는 아이에게 온통 집중하고 P의 뒷바라지만 하는 삶이 권태로워지기 시작했다. K에 대한 티끌만큼 남은 미련도 그녀로 인해 거의 무너져가는 시점이었다. 나는 문화센터 수필반에 등록했다. 여가 시간이 생기면 책을 읽고 좋은 영화를 보는 데에 할애하고 싶었다. 그런데 일주일에 서너 번을 아이들과 함께 찾아오는 그녀의 방문은 큰 걸림돌이었다. 더구나 예고도 없이 불쑥 초인종을 눌렀다. 그녀의 머릿속엔 이미 기본 예의나 상식 같은 건 사라지고 없었다. 우리 집에 오지 말라고는 말하지 못했다. 그러면 저 밑바닥으로 추락한 얼굴을 할 그녀를 대면할 것이 두려웠다. 왜 우리 집 가까이 살아서 날 괴롭게 하는지 원망스러웠다. 일부러 바쁜 티를 내보기도 하고 어느 때는 그녀가 올 법한 시간에 아이를 데리고 외출을 했다.

결혼한 이후로는 소원해진 은이에게 오랜만에 연락을 했다. 은이는 그때까지 미혼이었다. 다른 형제자매들이 결혼을 해서 청년부를 떠나도록 그녀는 그 자리를 지키며 청년부 회장까지 하고 있었다. 사실 은이는 나보다 더 K를 좋아해서 오랫동안 흠모해왔다. K가 마릴린 먼로와 결혼한다고 했을 때 은이는 내색을 안 했지만 나보다 더 고통스러웠을 것이다. 우정이나 사랑에 대해 엄격하게 고풍스러움을 지키는 친구였다. 은이는 그녀에 대한 얘기를 듣고만 있었다. 이미 소문을 통해 알았겠지만 나를 통해 확인하면서 불편했을 것이다. 나는 전화가 끊겼나 해서 말을 하는 중간에 몇 번이나 여보세요? 하면서 은이의 존재를 확인했다. 은이가 울고 있을지도 모른다고 생각했다. 그녀보다는 K의 불행을 슬퍼하면서. 은이는 며칠 후에 다시 나에게 전화했다. 그녀의 현재 상태는 영적인 문제다. 귀신이 들린 거다. 병도 고치시고 귀신도 쫓아내는 예수님께 우리가 기도하며 간절히 매달려야 한다. 은이가 신실한 줄 알았지만 그동안 이토록 투철한 신앙인이 된 줄은 몰랐다. 은이는 단호하게 청년부 때 친했던 몇 명을 소집하라고 명령처럼 말했다.

오랜만에 간 청년부실은 풋풋함과 어떤 열기로 활력이 넘쳤다. 그녀 집에 자주 드나들던 시절의 자매들 세 명을 불렀다. 그들도 모두 그녀에 대해 안타까워하며 기꺼이 달려왔다. 그녀가 왔고 맨 마지막으로 은이는 이제 목사님이 된 청년부 때 전도사님을 모시고 왔다. 그녀는 마치 예전으로 돌아간 듯 얼굴에 화색이 돌았고 생글생글 웃었다. 우리는 손을 잡고 뛰면서 반가워했다. 목사님은 좌식으로 된 기도실로 우리를 인도했다. 우리는 둥그렇게 둘러앉아 손을 잡았다. 목사님은 그녀 머리 위에 손을 얹었다. 이 자매의 순전한 영혼에 썬 악마가 주 예수의 이름으로 떠나갈지어다. 목사님을 필두로 그곳에 모인 자매들의 기도가 이어졌다. 나는 무서웠다. 내가 기도하는 차례가 왔을 때 그녀가 벌떡 일어나 나를 덮치기라도 할 것 같았다. 그녀를 질투하고 미워했고, 안 되기를 바랐고, 진심으로 슬퍼하지 않았고, 귀찮아서 피해버렸고, ……끝없이 나의 죄목이 떠올랐다. 그녀는 우리의 기도가 이어질 때마다 흐느꼈다. 마치 그녀 속에 있는 마귀가 뛰쳐나오려고 애를 쓰는 것처럼. 내 차례가 되었다. 전능하신 하나님, 순정 자매가 마음의 평안을 얻고 건강하게 살기를 간절히 기도합니다. 그것은 나의 진심이었다. 나는 짧게 기도하고 주 예수의 이름으로 아멘을 했다.

그녀를 위해 기도회를 한 것만으로도 그녀에 대한 소문은 더욱 확산되었고 그녀에 대한 말들이 교회 곳곳에서 무성하였다. 밤늦게 교회 뜰에서 맨발로 서성거린다, K에게 밥도 안 해준다, 유아실에서 본 아이들의 행색이 말이 아니다, 위험에 처해도 히죽거리기만 하더라……. 사실은 더 많이 왜곡되고 과장되어갔다. 교회에서는 말만 분분했다. 담임목사의 안수기도를 받아야 한다. 아니다, 먼저 병원 치료가 우선이다. 도대체 남편인 K는 뭐 하는 거냐? 그렇지만 그렇게 많은 사람 중에 누구 하나 그녀에게 직접 다가가는 사람은 없었다. 나부터. 보다 못한 은이가 여선교회까지 찾아와 이것은 영적인 문제이지만 현대 의학이 같이 가야 된다며 병원비 명목으로 모금을 하기조차 했다. 나는 슬며시 그녀의 삶에 대해 무심하기로 작정하고 있었다. 내 삶에 그녀와 K가 접근하지 못하도록 봉쇄하고 싶었다.

남편 P가 I 신도시로 발령을 받았다. P는 주말 부부로 지내는 것도 괜찮다고 했으나 나는 K와 그녀의 그림자가 조금도 없는 곳으로 떠나고 싶어 궁리를 하고 있던 차였다. 나는 P를 재촉해 무리한 대출까지 받아 I시에 작은 아파트를 장만했다. 결혼 후 최초로 집을 장만한다는 기쁨도 있었지만 무엇보다 그녀와 멀리 떨어진다는 사실이 해방구 같았다. 또한 먼 거리를 핑계로 교회를 옮기는 것도 괜찮으리라 생각했다. P는 아무래도 상관이 없다고 했다.

새로 옮겨온 I시는 마음에 들었다. 가까운 곳에 산책할 수 있는 큰 호수가 있고 아파트 앞으로는 광장이 있는 공원이 있었다. 아침에 베란다에서 내다보이는 유치원에 아이를 보내고 나는 집에서 커피 한 잔의 여유를 즐겼다. 무엇보다도 그녀가 내 집 문을 두드릴 일은 없다는 점이 나를 편안하게 했다. 새로 나가기 시작한 교회는 새로 온 사람의 존재 같은 건 별로 신경 쓰지 않았는데 그것 또한 오랜만에 얻은 자유로움이었다. 우연히 그 교회에서 만난 고등학교 동창은 교회 등록을 하지 않고 몇 년을 다니는 동안 아무도 신경 쓰지 않더라고 말했다. 그 것이 괘씸해 얼마 전에 등록을 했다고 했다. 나는 재미있다고 웃으며 나도 그러겠노라고 했다. 나는 아이가 유치원에 간 동안 그 친구를 따라 스포츠 센터에 가서 수영을 배우고 친구가 운전하는 차를 타고 맛집을 찾아다니기도 했다. 얼마 뒤에는 나도 운전 연수를 해서 차를 몰고 다녔다. I시는 새로운 사람을 만나고 새로운 일을 도모할 수 있는 신세계였다.

과연 이럴 수가 있단 말인가? 이런 경우는 작위적인 소설에서조차 없을 것이었다. 내가 신도시에서의 삶을 만끽하는 동안 내 삶에 새로운 먹구름이 드리우고 있었다. 어느 날 퇴근한 P가 던지듯이 말했다. K네가 우리 동네로 이사 왔더라고. 나는 너무나 기가 막혀 한동안 말이 나오지 않았다. 말이 돼? 그 집은 왜 우리를 졸졸 따라다닌대? 말이 안 될 건 뭐야. 그 집 이사하는데 우리가 간섭할 게 뭐 있어. P는 오히려 내가 과민반응한다면서 이상한 사람 취급을 했다. 전과 똑같은 방식으로 K는 P를 통해 우리 가족을 집에 초대했고 P와 나도 그녀 부부를 우리 집에 초대했다. 그러면 그 다음 순서는 안 봐도 뻔했다. 그녀는 연락도 없이 우리 집에 찾아올 것이고 나는 한두 번은 문을 열어줄 것이고 그 다음엔 또 그녀를 봉쇄하는 나쁜 사람이 될 것이다. 아아악, 나는 비명이라도 지르고 싶었다.

신도시의 새 아파트임에도 그녀의 집에선 뭔가 흐트러진 느낌을 받았다. 삐져나온 것들을 집어넣으려고 하지만 계속 튀어나와 어느 시점에서 더 이상 막을 수 없는 상태 말이다. 오랜만에 다시 만난 아이들은 당시 유행하던 만화 캐릭터 플라스틱 딱지치기에 열중했다. 다행히 아이들은 부모가 뭐래도 커갔다. 아이들은 이제 엄마가 밥을 먹여주지 않아도 자기가 알아서 잘 먹었다. 음식을 이미 해놓아서 오래전 집들이에서처럼 내가 나서 차릴 일은 없었지만 상태는 더 고약했다. 반찬을 담은 접시는 가장자리가 잘 닦이지 않아 오물이 눌어붙어 있었고 숟가락 젓가락도 사용하기에 꺼림칙했다. 나는 밥을 조금 퍼서 그 분

량만큼의 반찬만 깨작거리다가 식사를 마쳤다. P는 요즘 속이 안 좋아 많이 못 먹는다며 식사 전부터 방어선을 쳤다. 그녀는 아무것에도 개의치 않았다. 오로지 자기만의 몫을 해낸다는 듯이 초점 없이 상을 차리고 식사 후에는 후식을 내왔다. 아이들이 부르면 힘겹게 그들에게로 갔다. P는 K에게 이사를 오면서 교회를 옮겼냐고 물었다. K는 먼저 교회는 떠났지만 새로 다닐 교회는 아직 정하지 않았다고 했다. 나는 두터운 장막이 K에게서 떨어져 나간 느낌을 받았다. 그러나 K는 어두웠다. 그동안 그녀에게 소홀한 K를 원망했지만 그날은 그녀를 견디고 있는 K를 보았다. 우리 부부를 초대한 것도, 점점 상태가 안 좋아지는 그녀를 숨기지 않고 드러내는 것도 그녀가 달라진 것을 인정하지 않으려는 K의 안간힘 같았다.

해가 길어 저녁이 늦도록 광장엔 사람이 많았다. 자전거를 타는 아이들, 유모차를 밀고 가는 아기 엄마들, 벤치에 앉아 며느리 흉을 보는 노인들이 광장에 가득했다. 나는 보조뒷바퀴가 달린 자전거를 타는 나의 아이를 따라다녔다. 광장 구석 자전거 거치대가 있는 쪽에서 소리가 났다. 그녀의 아이들이 그곳에 있었다. 그 옆에는 광장을 순찰하는 경찰관이 그 아이들에게 뭐라고 하고 있었다. 내가 나타나자 아이들이 구세주라도 만난 듯 눈을 동그랗게 뜨고 나를 쳐다보았다. 경찰관은 내가 다가가자 내가 아이들의 엄마인 줄 알고 심각한 표정으로 말했다. 얘들이 글쎄, 여기 있는 자전거를 훔쳐가려고 했다니까요. 안장에 먼지가 뿌옇게 앉은 꽤 오랜 기간 방치된 듯한 자전거가 그들 앞에 있었다. 아니, 이건 버린 자전거 아닌가요? 그건 확인되지 않았고요. 일단 남의 자전거에 손을 대면 절도죄에 해당됩니다. 나는 정중하게 그 아이들과의 관계와 상황을 설명하고 경찰관을 돌려보냈다. 그녀는 뭘 하고 이 어린아이들이 남루한 꼴로 광장을 헤매고 다닌단 말인가? 그리고 자전거 도둑이라니.

크리스마스이브. 아이 유치원에서 산타가 선물을 갖고 오기로 했다. 부모들이랑 미리 약속한 유치원 선생은 산타 복장을 하고 현관 벨을 눌렀다. 나는 아이 손을 잡고 나갔다. 산타는 큰 자루를 등에 지고 한 손에 우리 아이에게 줄 선물을 들고 있었다. 준호는 이 선물 받고 엄마 아빠 말씀 잘 들을 거죠? 수염과 모자에 가려져 눈만 보이는 산타는 사내의 굵은 톤으로 말했다. 아이는 선물을 받아 들고 겁에 질린 듯 작은 목소리로 대답했다. 예. 아이는 산타가 돌아간 뒤에 고개를 갸웃갸웃했다. 그런데 엄마, 산타 할아버지 목소리가 어디서 들어본 것 같아. 나는 그런 아이가 너무 사랑스러워 꼭 안아주었다. 베란다 창밖으로 눈에 반사된 햇살이 눈부셨다. 나는 아이를 데리고 밖으로 나갔다. 화단 가까운 곳에서 K의 아이들이 눈을 던지고 있었다. 그녀는 팔짱을 끼고 아이들을 바라보며 왔다 갔다 했다. 아이가 K의 아이들 쪽으로 뛰어갔다. 그녀는 나를 발견하고는 빙그레 웃었다. 웬일이야? 너희 아이들하고 놀고 싶다고 해서. 왜 올라오지 않고? 나는 맘에 없는 말을 했다. 눈 내리는 게 너무 좋아서. 너무 시원해. 그녀의 볼은 발갛게 얼어 있었다. 집에 들어가 따뜻한 차 한 잔 하면서 몸이라도 녹여야 하지 않을까? 더구나 크리스마스이브인데. 그런 생각을 잠깐 했는데 왜 하필 그때 또다른 생각이 떠올랐다. K와 마릴린 먼로의 결혼식이 있기 며칠 전, 나는 오랫동안 K의 집 앞을 서성였다. 눈으로 얼어붙은 땅에서 나의 몸도 얼어갔다. 그날 뒤로 나는 고열에 시달리며 며칠 동안 앓았다. 순정아, 나 준호 데리고 집에 빨리 들어가 봐야 해. P랑 저녁 먹기로 해서 나갈 준비해야 해. 나는 있지도 않은 일을 천연덕스럽게 말했다. 나는 그녀의 핏기 없는 파리한 얼굴을 보면서 아이를 불렀다.

겨우내 쓸쓸했던 광장이 활기를 띠기 시작했다. 자전거를 타는 K의 아이들을 보았다. 그 곁에 그녀는 없었다. 아이들은 내게 큰 소리로 인사했다. 아이들에게서 어떤 결연함이 엿보였다. 엄마는? 엄마 없어요. 할머니가 와 계셔요. 나는 뭔가가 감지되었지만 아이들에게 더 이상 묻지 않았다. 나는 왠지 그녀와 계속 소통하고 있을 것 같은 은이에게 연락했다. 은이는 울 것 같은 목소리로 말했다. 큰일이야. 순정이가 글쎄 이단 종교로 들어갔어. 한 번 만났는데 그쪽 사람들이 너무 잘해주고 좋다는 거야. 아무리 그쪽이 이단이라고 해도 말 안 들어. 어쩌다 이 지경이 됐는지 몰라. K는 이제 아예 신경도 안 쓰는 것 같아. 나는 은이의 말을 들으면서 가슴이 싸했지만 아무런 대꾸도 할 수 없었다. 얼마 후엔 P에게서 K와 그녀의 이혼 소식을 들었다. 왜? 이혼 사유가 뭔데? P는 길게 말하기 귀찮다는 듯 한마디로 잘랐다. K도 할 만큼 했지. 그동안 애들하고 얼마나 힘들었겠어. P는 오로지 같은 남자의 입장으로만 말했다. 지금 어디 있대? K가 뭐 좋은 일이라고 자세히 말하겠어?

나도 묻지 않았고. 몰라. 나는 다음 날 은이에게 전화를 걸어 그녀가 포천에서 음식점을 하는 친언니 집에 머물면서 일을 도와준다는 것을 알았다. 일단은 살 데가 있고 일할 수 있다는 것에 안심했다. 가슴 한구석에서 찬바람이 일렁였다.

그녀를 오랫동안 잊었다. 살다가 한 사람 정도를 잊는 것은 아무것도 아니었다. 그동안 아이가 커가면서 내 정신을 말리고 P의 정해진 수입으로 집과 살림을 늘려가며 겨우 체면치레하기에도 세상은 숨 가쁘고 치열했다. 그녀를 만난 것은 뜻밖의 장소에서였다. 그녀의 죽음 소식을 듣기 3년 전 즈음이었다. 여전히 싱글인 은이는 잊을 만하면 연락을 해 왔다. 은이는 늘 예수의 사랑을 설파했고 주위 사람들을 돌아보면서 챙겼다. 은이가 전한 말은 뜻밖이었다. 연주가 마릴린 먼로를 서울역에서 보았대. 어떻게 잘 지낸대? 은이는 잠시 뜸을 들인 후에 한숨을 쉬며 말했다. 글쎄 사람을 못 알아보더래. 그리고 행색이 말이 아니고. 아마도 노숙 생활을 하는 것 같더래. 날을 잡아 그녀를 만나러 서울역에 가자는 말로 통화를 끝냈다.

오후 세 시의 하늘은 흐렸다. 서울역 광장 한편에서 밴드가 찬송가를 연주하고 혼성 중창단이 노래를 불렀다. 그 곁에서 수십 명의 사람들이 모여 주일 예배를 드리고 있었다. 서울역에 나와본 것도, 이런 광경을 보는 것도 너무 오랜만이어서 생소했다. 광장 전역에 퍼져 음식과 소주를 펼쳐놓고 삼삼오오 모여 있는 사람들은 남루한 행색만 아니라면 일요일 오후에 소풍을 나온 사람들처럼 보였다. 그녀를 찾으러 시선을 멀리 두며 광장을 돌았다. 예배를 드리는 무리 반대편에서 이상한 포즈를 취하고 있는 여인을 보는 순간 그녀라는 느낌에 섬뜩했다. 그녀는 자꾸 치켜 올라가는 하얀색 플레어스커트를 잡고 있었다. 그곳은 환풍구 위였다. 뭔가 끊임없이 중얼거리며 헤죽헤죽 웃고 있었다. 은이와 나는 그녀를 부르며 거기서 내려오라고 했다. 그녀는 우리를 아는지 모르는지 눈을 가늘게 뜨고 입을 모아 살짝 웃었다. 바람이 다리를 시원하게 해. 난 여기가 좋아. 우리가 역사 건물 내에 있는 패스트푸드점을 가리키며 햄버거를 먹자고 하니 그녀는 순순히 환풍구에서 내려왔다. 그녀에게서 풍기는 냄새에 계산대에 있는 알바가 눈살을 찌푸렸고 들어오려던 사람도 기겁을 해서 도망갔다. 어쩔 수 없이 테이크아웃을 해서 우리도 다른 노숙자들처럼 광장 한편에 자리를 잡았다. 그녀는 햄버거를 맛있게 먹으며 간간이 우리를 쳐다보고 고개를 갸웃하며 웃었다. 비둘기가 몰려오면 햄버거 빵 조각과 감자 칩 조각을 떼어 던져주었다. 은이는 그녀의 손을 잡고 기도를 했다. 이 가엾은 영혼을 평안하게 하소서. 할 수 있는 것이 그것뿐이라는 듯이. 그녀는 우리를 모르는 사람처럼 대했다. 그렇지만 우리를 밀쳐내지는 않았다. 그 속은 도대체 어떨까? 그녀는 마릴린 먼로라고 불리던 예전처럼 자주 웃고 햄버거를 사주어 고맙다는 말을 여러 번 했다. 나는 목이 메어 말을 하지 못했다.

그날 이후로 나는 그녀를 찾지 못했다. 아니 찾지 않았다. 가족도 어쩌지 못하는 그녀를 내가 어떻게 해보겠다는 것이 더 위선적일 것 같다는 것으로 나 자신을 합리화했을 것이다. 그리고 세월은 나도 모르는 사이에 이렇게 많이 흘러버렸다. 나는 오랜 시간이 지나 엄마의 주검을 대했을 두 아들이 생각나서 설거지하는 그릇들을 세게 부딪치며 꺼이꺼이 울었다.

프랑스어 연극처럼

　　　　　지난해 말에 이메일로 프랑스어문학과 원
어연극 카페에 초대를 받았다. 원어연극 기획팀의 까마득한 후배에게
서였다. 반가우면서도 어리둥절했다. 순간 암전이 되면서 모든 것들이
시야에서 사라졌다가 새로운 무대가 나타났다. 그날처럼. 문단 행사에
서 원로 소설가 Y 선생이 내게 말했다. 성대 불문과 나왔다지. K 교수
알겠네. 나는 평소에 Y 선생에게 나를 피력하고 싶었고 그 차에 정말
운 좋게 Y 선생과 마주한 거였다. 나는 그의 말에 얼른 대꾸하지 못하
고 한참을 머뭇거렸다. 그사이 Y 선생은 과거 K 교수와의 친분을 얘기
하며 회상에 잠겼다. 나는 집으로 돌아오며 Y 선생에게 비쳤을 내 모습
에 소리를 지르고 싶을 만큼 고통에 휩싸였다. 그리고 그때야 까맣게
지워졌던 K 교수가 수면 위로 떠오르는 것이 아닌가? 프랑스 희곡을
강의했던, 명륜당 뜰에서 그들의 결혼식 주례를 했던. 그런데 나는 왜

K 교수를 까맣게 잊었을까?

3월에 예정된 공연 상연은 두 번이나 연기되었다. 가봐야 할까를 망설이던 나는 연기 소식에 사실 안도했다. 처음은 코로나19 팬데믹으로 인한 사회적 거리두기 단계가 상향되었고 두 번째는 소극장 사용에 문제가 있었다. 결국 한 계절이 지난 6월로 간신히 공연 날짜가 확정됐다. 공연이 연기되면서 카페에는 연극에 대한 정보가 속속 올라왔다. 내게는 생소한 미셸 비나베르라는 희곡작가가 실제 살인사건을 소재로 30년 후에 희곡으로 썼다고 했다. 나는 알지 못할 어떤 열기에 휩싸여 원어연극의 번역대본인 희곡집을 구입했다. 『어느 여인의 초상』. 시간의 흐름에 맞지 않게 불연속적으로 배치된 극의 구성과 등장인물들의 대화는 난해했지만 나는 나도 모르게 극 속의 인물들에게 빠져들었다. 특히 주인공인 소피에게. 익숙지 않은 단막의 연극은 장소로 구분되어 연기와 대화가 펼쳐졌다. 오래전에 흘려들었던 프랑스 희곡의 부조리극이나 정치극이 아닌 일상극이라는 점도 새로웠다. 내가 캠퍼스에 있던 1980년대에 쓰인 희곡이었다. 나는 몇 번을 탐독하면서 『어느 여인의 초상』의 주인공 소피가 되어갔다. 원어연극 카페에서 출연진을 소개한 동영상 속 스물의 아이들은 싱그러웠고 얼굴에서 빛이 났다.

안을 마지막으로 만난 것이 벌써 10년이 넘었다. 간혹 내가 술에 취해 전화를 걸거나 문자메시지를 보냈을 때 안은 아무런 대꾸도 하지 않았다. 내가 작품집을 내고 그에게 보냈을 때 간단한 문자로 축하메시지가 온 것이 전부였다. 영혼 없는 의례적인 문자였다. 소설에는 안도 짐작할 만한 내용이 들어 있었기에 그것은 나의 그를 향한 메시지이기도 했다. 나는 내심 나의 이런 몸짓으로 인해 그가 작은 신호라도 보내길 원했지만 안은 냉담했다. 나는 더 이상 안을 움직일 수 없음을 알았다.

안과 재회하기 전 나는 안을 많이 그리워했다. 아이가 초등학교에 입학을 했고 나는 뭐라도 해야겠다는 생각을 강하게 할 무렵이었다. 대학에서 운영하는 평생교육원의 소설창작반에 등록을 했다. 소설 선생과 그곳 분위기는 그동안 숨죽여 있던 나를 일으켜 세웠다. 캠퍼스 잔디 위에서 햇볕 같은 대학생들의 웃음소리를 듣는 것이 해방구 같았다. 수강생들은 강의실에서 소설 선생과 함께 담배를 피우며 소설을 얘기했다. 소설 선생은 수업이 끝나면 기본 안주만 시켜놓고 죽치고 앉아 술을 마실 수 있는 술집에 우리들을 끌고 갔다. '거품'이라는 이름을 가진 술집은 상당히 매력적이었다. 모퉁이에 있는 작은 건물에 층마다 약간씩 다른 분위기의 '거품'이 있었다. 우리 일행은 주로 맨 꼭대기 4층에 있는 '거품'에 갔다. 가격도 저렴하고 무엇보다 창을 따라 놓여 있는 바 테이블에서 내다보는 바깥 전망이 운치 있었다. 바깥 풍경이래야 멀리 보이는 대학 캠퍼스와 근거리의 옛 주택과 교회, 술집 골목 등이 전부였다. 술을 마시면 모든 풍경이 황홀했다. 작가 지망생들은 그곳에서 거품이 잔뜩 낀 미래를 꿈꾸었다. 나도 막연히 소설가가 되기를 꿈꾸었는데 그때마다 안이 생각났다. 그리웠다. 그 그리움은 어떻게 해서든지 안을 만나야겠다는 열망으로 변했다.

세기가 바뀌고 보이지 않는 가운데서도 이어진 새로운 연결망이 생긴 세상이 되었다. 나는 부지런히 인터넷을 통하여 안을 수소문했다. 그는 지하철을 건설하는 공기업에 다니고 있었다. 나는 안의 사무실로 전화했고 그는 고객을 상대하는 것처럼 담담하게 받았다. 15년 만이란 게 무색했다. 안과 나는 만남의 장소로 약속이라도 한 듯이 신촌의 '샤갈의 눈 내리는 마을'을 지목했다. 그곳은 여름에도 눈이 내리고 있을 것만 같았고 어떤 은밀한 것도 숨겨질 것 같은 안전한 은닉처처럼 느껴졌다. 장소의 분위기 때문이었을까? 안과 나는 전혀 의도하지 않았지만 서로에게 끌려들어가고 있었다. 안은 내가 들어 기분 좋은 고백을 했다. 그는 아내와 사이가 좋지 않고 거의 남처럼 지내고 있다고 했다. 나와 헤어진 걸 많이 후회했다고도. 제대로 헤어지기라도 했던가? 그렇게 말하는 안이 낯설었다. 안은 그날 밤 북쪽 신도시에 있는 내 집 앞까지 따라왔다. 나는 집으로 들어와 오래전처럼 어둠 속에서 오랫동안 서성이는 안을 내려다보았다. 이미 잠든 남편을 보며 안과의 만남은 그날이 끝이라고 다짐하며 밤새 잠을 못 이뤘다.

결혼 10주년 기념 제주도 여행을 가서도, 집 앞 공원에서 축구를 하는 남편과 아이를 바라보면서도, 나는 줄곧 안에게 사로잡혀 딴 생각을 했다. 안은 하루도 빼먹지 않고 메일을 보내왔다. 그는 사랑에 빠진 사람 같았다. 나도 안의 메일을 확인할 때마다 그를 만나는 것처럼 가슴이 뛰었다. 매일 늪으로 나도 모르게 빠져들고 있었다. 그때마다 긴장하면서도 이상한 쾌감을 느꼈다. 치명적인 무엇에 중독되어가며 그것을 끊지 못하는 나는 점점 교활해졌다. 나는 그런 자신을 견딜 수 없어 더 이상의 어떤 접속도 하지 말자는 메일을 보냈다. 안은 그럴수록 더욱 집요하게 다가왔다.

나는 한 달에 한 번 있는 여고 동창생들 모임에 나갔다가 슬그머니 나와 안을 만났다. 안은 이사하는 날인데 회사 일을 핑계대고 집을 빠져나왔다고 자랑스럽게 말했다. 이게 미쳐 돌아가는 것이 아니고 무언가 하면서도 나는 안의 아내에 대한 승리감에 도취되었다. 또한 욕심이 생겼다. 오래전 안으로부터 생긴 상실감을 보상받는 느낌이었다. 그 상실감을 또 가질 수도 있다는 생각은 마음 깊숙이 밀어 넣었다. 우리 1학년 때 불문법 교재에서 프랑스 고속철도 테제베를 보면서 얼마나 감탄했니? 그런데 내가 그걸 벤치마킹하려고 프랑스엘 갔잖아. 처음에 프랑스에 가서 에펠탑에 올라갔는데 네 생각 많이 나더라. 특히 밤에 파리의 야경을 내려다볼 때. 그때는 내가 너를 사랑하지 않는다고 생각했는데 이제 알겠어. 사랑이 무엇인지. 너를 정말 사랑해.

나는 안의 말에 빠져 들어가면서 한편 두려웠다. 예전의 일이 또 반복될 것이라고 확신처럼 마음속에 꽂히는 것이 있었다. 그것을 알면서도 나는 그 만남을 중단할 수 없었다. 나는 자꾸 갈망했다. 매일 보고 싶고 단 하루라도 안과 같이 살아봤으면 좋겠다고 생각했다. 아니 헤어지더라도 이번에는 꼭 내가 먼저 돌아서야 했다. 안이 흥분해서 말했다. 어머니가 병들었는데 아내가 모시는 걸 싫어해. 그래서 내가 오피스텔 하나 얻어서 어머니 모시려고 해. 그럼 너도 내게 언제든 올 수 있잖아. 그 말은 현실적이지 않았지만 나는 그 말을 해주는 안이 고마웠다. 거기까지였다. 안은 그해 겨울 아내에게 병든 어머니를 맡기고 직장에서 보내주는 영국 연수를 떠났다. 영국에 있는 6개월 동안 안은 정체불명의 화려한 꽃이 그려져 있는 봉투에 든 꽃씨들과 정원 사진이 있는 엽서를 두세 번 보내왔다. 안은 돌아와 말했다. 네가 혹시나 내가 있는 곳에 오지 않을까 했어. 그건 기다렸다는 것이 아니라 그럴까 봐 염려했다는 것이었다. 안은 처음으로 아내를 칭찬했다. 병든 어머니를 모시고 있어. 고마운 사람이야. 안은 제자리로 돌아가 있었다. 안은 내게 연락하지 말라는 말은 안 했지만 먼저 나를 찾지도 않았다. 예전처럼. 이제는 나도 괜찮았다. 나에게도 남편이 있으니까. 안도 나도 다른 사람과 다르지 않았다. 마지막일 줄 모르고 그가 영국에서 사 온 향수를 잔뜩 뿌리고 나갔을 때 안은 향수 냄새가 지독해 머리가 아프다고 했다. 나는 그날 오랫동안 가슴에 품고 있던 궁금증을 털어놓았다. 어떤 미련도 남기지 않기 위해. 왜 그랬어, 그때? 안은 잠시 눈을 감았다가 뜨더니 말했다. 네가 너무 가난해서.

우리 처지에 대학이 웬 말이야. 게다가 불문학과는 뭐고? 거기는 부르주아들이 다니는 데 아냐? 성큼성큼 계단을 뛰어올라 문을 열려는데 식구들의 목소리가 들렸다. 문 열면 바로 주방 겸 거실인 좁은 연립주택이었다. 목소리는 내가 그곳에 있는 것처럼 크게 들렸다. 애가 왜 그렇게 철이 없는지…… 자기 욕심만 있어서…… 그 말을 뒤로하고 다시 3층 계단을 내려왔다. 초등학교 운동장을 수십 바퀴 돌다가 집에 들어갔다.

여름방학이 되자마자 다음 학기 등록금을 벌기 위해 하루 종일 아르바이트를 했다. 사무실은 서울시청 앞에 있었다. 액세서리를 수출하는 무역회사였다. 사무실 한 칸의 큰 테이블에서 대여섯 명의 알바생들이 모여 앉아 목걸이 등 액세서리의 불량을 검사했다. 종일 금속 액세서리를 들여다보고 있으면 눈도 아프고 팔도 아팠다. 나를 그곳에 소개한 교회 선배 언니와 같은 과 친구도 있어 그렇게 나쁘지는 않았다. 감시자가 없는 틈을 타 우스갯소리도 던지면서 화기애애했다. 퇴근 후에 서로 추렴해서 마시는 생맥주도 좋았다. 그곳에서 누구도 자신의 전공과 이념에 대해서 말하지 않았다. 오로지 생존과 다음 학기 등록을 할 수 있는 돈을 벌면 되었다.

2학기가 시작되면서 입주과외를 하게 되었다. 여름방학 때 일하던 회사의 여자 부장 집이었다. 중학생과 초등학생 남매가 있었다. 과외 금지 시절이라 부장은 아이들로부터 나를 이모라고 부를 것을 단단히 다짐받았다. 숙식이 제공되고 저녁때만 아이들의 공부를 봐주면 된다고 했다. 나는 집안 식구들의 눈치를 보던 터라 너무 잘되었다고 생각했다. 대학의 낭만이나 대학생으로서의 자존감은 한 학기를 보내면서 충분히 내려놓았다. 나는 강의가 끝나면 모든 걸 제치고 부장의 집으로 달려갔다. 스터디도 동아리도 나에겐 해당이 안 되었다. 부장 집은 건대 근처에 있었는데 나는 오가며 대학의 활기와 마주쳤다. 입주과외는 처음에 생각했던 것보다 녹록지 않았다.

초등학교 3학년 여자아이는 엄마의 정이 그리웠는지 툭하면 배가 아프다고 했다. 사무실에서 일하는 부장에게 전화를 하면 병원에 데려가라고 했다. 퇴원 시간이 임박해서 병원에 가면 의사는 마치 단골손님을 대하는 것처럼 미소를 띠며 간단히 약 처방을 했다. 아프다는 아이를 데리고 공부를 시키기는 어려웠다. 그런 날이면 직무유기를 하는 것 같아 마음이 불편했다. 중학생 오빠는 여자아이처럼 그런 요사는 떨지 않겠지 하는 생각에 조금 안심이 되었다. 그런데 녀석은 게으르기 짝이 없었다. 저녁에 책상 앞에 앉아 공부를 시작하면 졸거나 하품을 했다. 같이 동네 한 바퀴를 돌고 오면 그때야 정신을 차렸다. 그 정도 수고쯤이야 하고 생각을 추슬렀다. 중학생의 정체도 얼마 안 돼 밝혀졌다. 곧잘 말을 들었다. 영어 단어를 외우라고 하면 외우고 시키는 것은 군말 없이 했다. 문제는 수학이었는데 내가 설명을 하면 멍하니 있었다. 기초가 부족한가 싶어서 초등학교 교과서와 중1 교과서를 병행해가면서 가르쳤다. 응용을 하는 문제가 나오면 주저주저했지만 영 구제불능은 아니었다. 내가 가르치는 순간에 아이가 이해를 하니 큰 문제가 아니라고 생각했다. 그런데 얼마 후에 알게 되었다. 영어의 경우에 새로운 과를 나가면 지난번에 배운 단어를 전혀 모르는 것이었다. 수학도 예외는 아니었다. 지난번에 분명히 가르쳐주었는데 새까맣게 잊어버렸다. 배운 것을 모르니 새로운 것을 나가기는 어려웠다. 처음엔 내가 누리면서 받는 보수를 생각하면서 그 정도 어려움은 감당해야 한다고 생각했다. 반복과 반복을 거듭하면 되지 않겠나. 그건 오산이었다. 밑 빠진 독에 물을 붓는 것처럼 아이의 머리에 들어간 것은 얼마 후에 반드시 새어 나왔다. 도무지 이해할 수 없는 일이었다. 그런 아이를 야단칠 수도 없었다. 언제까지가 될지 몰랐지만 나는 나의 생존을 위해서 그냥 내 할 일을 하면서 그 집에서 견뎌보자는 생각을 했다. 진이 다 빠져 정작 내 공부를 할 때는 정신이 혼미했다. 전공 책의 프랑스어 철자가 피해가고 싶은 지뢰 같았다. 고등학교 때 불문학을 원서로 읽고 싶었던 마음은 어느새 달아났다.

나는 틈나는 대로 프랑스어 원어연극 카페에 들어가 새로 업데이트되어 올라오는 포스팅을 읽었다. 특히 대본 강독 동영상을 기다렸다. 회차별로 올라오는 동영상을 바로바로 클릭했다. 예전 프랑스문화원에서 우리말 자막이 없는 프랑스 영화를 보는 느낌이었다. 몽롱하고 녹진한 느낌을 갖다가 잠이 들곤 했던. 그러나 이번에는 명료하게 듣고 싶었다. 또한 공연까지는 얼마 남지 않았다. 나는 공연 날짜를 달력에 표시해두고 나도 모르게 그날을 기다리고 있었다. 한밤중에 깨어 교육 사이트로 들어가 프랑스어 강좌를 신청했다. 수강일이 늘어나면서 대본 강독의 대사들이 조금씩 더 들려왔다. 내가 연극 〈어느 여인의 초상〉의 주인공 소피가 되어 그 자리에 있는 것 같기도 했다. 애인을 권총으로 살해한 소피가 법정에서 침묵하며 담담한 모습으로 앉아 있는 장면에서는 나도 모르게 냉담해졌다.

K 교수는 1학년 학생들에게 사뮈엘 베케트의 〈고도를 기다리며〉를 얘기하고 있었다. 나는 사뮈엘 베케트도 고도도 알지 못했다. K 교수

의 말은 먼 나라의 이야기처럼 아득했다. 고도는 아득히 높은 곳인가, 이상 세계인가? 이미 책을 읽은 것 같은 친구들의 눈빛은 진지했다. 안은 K 교수의 질문에 내가 모르는 철학적인 용어를 섞어가면서 대답을 했다. 강의실에 있던 친구들은 감탄사를 내뱉으며 환호했다. 그 속에는 하늘색 투피스 정장을 차려입은 진희가 있었다. 그녀의 눈빛도 진지했다. 나는 질투로 불타올랐다. 진희는 신입생 환영회 때 K 교수 앞에서 샹송을 불렀다. 파리 거리의 경쾌함을 노래한 〈샹젤리제〉라는 샹송이었다. K 교수는 한잔 걸친 술에 기분이 좋았는지 진희에게 3학점짜리 과목에 A⁺을 약속했다. 진희가 터무니없이 공부를 못하는 아이가 아니었지만 정말로 그 과목에서 A⁺을 받았을 때는 씁쓸했다. K 교수는 나와는 더욱 멀게 느껴졌다. 신입생 때부터 나는 불문과에서 이방인처럼 느껴졌다. 첫 학기에는 교양과목이 많아 전공 시간도 별로 없었지만 나는 전공 강의실로 들어갈 때마다 낯설었다. 얼마나 나의 불문학 전공 선택을 후회했던가?

내가 혼자서 갈 수 있는 곳은 경복궁 앞에 있는 프랑스문화원이었다. 로비로 들어서면 노란 호박색 조명이 어둠을 밝히고 있는 카페가 바로 보였고 한 층을 내려가면 지하에 영화관이 있었다. 카페 벽에는 매일 상영되는 프랑스 영화 상영시간표가 붙어 있었다. 수업이 끝나고 삼청동 산길을 넘어가면 거의 마지막 회를 보게 되었다. 휴강이라도 하게 되면 줄곧 몇 편의 영화를 보기도 했다. 내가 프랑스 영화 마니아는 아니었다. 그곳은 내가 편안히 있을 수 있는 아지트와도 같았다.

생각만큼 내가 아는 과 친구들이 오지도 않았다. 친구들은 회화를 배우러 을지로에 있는 알리앙스 프랑세즈 학원으로 가거나 동아리 활동으로 바빠 프랑스문화원의 어두운 영화관은 염두에 두지 않는 듯했다. 크지 않은 영화관엔 드문드문 나처럼 혼자 앉아 있는 관객들이 있었다. 영화는 느리고, 알아들을 수 있는 프랑스어가 많지 않았다. 흑백 영화의 주인공은 늘 심각했고 불행했다. 숲속과 꿈속을 헤맸다. 왠지 그 비극이 나를 위로했다. 나는 영화를 보다가 때로 잠이 들었다.

영화가 끝나고 환한 햇빛 속으로 나왔을 때 고등학교 때 불어 선생이 문화원 입구에 서 있었다. 한 학기가 끝나가는 초여름이었다. 난 청바지에 얇은 반팔 티셔츠를 입고 있었다. 인사는 했지만 내 모습이 초라하게 여겨져 얼른 그 자리를 떠나고 싶었다. 불어 선생이 말했다. 예쁘구나, 젊다는 그 자체로. 나는 약속이 있다고 했고 불어 선생은 영화 상영 시간이 다 되어가고 있었다. 불어 선생은 아쉽다는 듯이 멋쩍은 웃음을 지으며 어깨를 으쓱했다. 그녀는 내게서 불문학도로서의 멋진 대학 생활 얘기라도 듣고 싶었을까? 나는 또한 있지만 내게는 없는 일들을 천연덕스럽게 얘기했을까?

한 명씩 교무실로 불려가서 담임과 함께 전기 대학 원서를 썼다. 나는 내가 원하는 대학을 갈 만큼의 학력고사 점수를 받았다. 나는 담임과 상의할 것도 없이 내가 원하는 대학과 학과를 말했다. 나에게 애정이 없는 수학 과목의 담임은 더 이상의 권유도 아쉬움도 표현하지 않았다. 옆에 있던 교지 편집 담당 국어 선생이 나를 보고 한마디했다. 국문과 가서 글 써야 되는 거 아냐? 교무실 출입구 쪽에 앉아 있는 귀 밝은 영어 선생이 말했다. 밥이라도 먹고 살려면 영문과를 가야지. 담임 건너편에 앉아 있는 불어 선생이 말없이 흐뭇하게 나를 바라보았다. 그 시선을 느끼며 나는 가슴이 벅찼다.

그 당시 가난하고 비밀이 많은 나는 자아로 충만된 상태였다. 독일 작가 헤르만 헤세의 작품을 탐독하면서 지적 우월감으로 가득 찼다. 루이제 린저의『생의 한가운데』를 읽고 나서는 나만의 우상을 만들어 답장 없는 편지를 매일 썼다. 독일문학을 동경했으나 내가 다니는 고등학교에서는 제2외국어로 불어밖에 없어서 선택의 여지가 없었다. 문과인 경우에는 3년 내내 불어를 공부해야만 했다. 불어는 성과 수에 따라 동사와 형용사 형태가 달라졌다. 시제도 복잡하고 어려웠다. 아이들은 불어라면 고개를 저었다. 불어 선생은 마르고 키가 큰 노처녀였다. 불어 선생은 프랑스를 가본 사람처럼 그 나라의 고속철도 테제베라든지 예술인들이 드나드는 카페에 대해서 얘기했다. 프랑스는 아이들에게 없는 나라처럼 아득했지만 꼭 가고 싶은 나라였다.

불어 선생은 수업 시간에 아이들의 이름을 자주 호명했다. 마드무아젤 최연수. 아이들은 자신의 이름이 호명될 때마다 경기를 하는 것처럼 깜짝깜짝 놀랐다. 일어선 아이들이 주로 하는 것은 책을 읽는 것이었지만 비음이 강한 발음을 잘못하면 웃음거리가 되었다. 게다가 동사변화를 암송하거나 해석이라도 할라치면 진땀이 났다. 불어 선생도 아이들의 이런 심정을 헤아려 가끔 교과서 외의 수업을 준비해 왔다. 비로드처럼 부드러운 이름을 가진 보들레르나 발레리 같은 프랑스 시인들의 시를 소개했다. 그 당시 라디오에서나 가끔 들을 수 있는 샹송을 테이프에 담아와 들려주면 아이들은 감미로운 꿈속으로 빠져들었다. 교실 안은 쥐죽은 듯 조용했다. 끈적끈적한 숨결 같은 목소리로 남녀가 속삭이듯이 노래하는 〈모나코〉를 들었을 때 나는 전율했다. 차가운 콘크리트 바닥 위 책상에 앉아서 나는 남국의 태양과 블루의 바다, 그곳에서 단둘이 앉아 사랑을 속삭이는 연인을 상상했다. 프랑스라는 나라가 나의 이상향으로 바짝 다가와 있었다.

그날은 10월의 마지막 주 금요일 불어 시간이었다. 불어 선생은 들어오자마자 칠판에 판서했다. 'Chanson d'automne(가을의 노래)'. 그것을 쓴 폴 베를렌이라는 시인에 대해서도 간단하게 언급했다. 그리고는 그 시를 해석해보라고 했다. 얼마 후에 자발적으로 발표해볼 사람을 요청했지만 아무도 없었다. 모두들 고개를 숙이고 딴청을 했다. 마드무아젤 이상미. 불어 선생의 시선이 나에게 머물면서 나를 호명했다. 그것은 운명적인 호명이었다. 나는 생전 처음 들어본 프랑스 시인 베를렌의 시를 읽었다. 불어 시간의 원칙대로 불어로 한 번 우리말로 한 번.

가을의 노래

폴 베를렌

가을날의 바이올린의 긴 흐느낌이
가슴속에 스며들어

마음 설레고 쓸쓸하여라

시간을 알리는 종소리에
답답하고 가슴 아파
지난날의 오랜 추억에
눈물 흘리니

그래서 나는
궂은 바람에 여기저기로
정처 없이 흘러 다니는
낙엽과도 같구나

시를 읽을 때 교실 창밖으로 교정 담장을 따라 서 있는 플라타너스 나무에서 커다란 잎들이 떨어지고 있었다. 시를 다 읽고 자리에 앉았을 때 알 수 없는 감정에 휩싸여 펑펑 울고라도 싶었다. 잠시 침묵이 흘렀다. 오호, 아이들이 해석하기 힘든 야유를 던졌다. 이어서 불어 선생의 목소리. 트레비앙, 트레비앙. 불어 선생은 웬만해선 같은 말을 반복하지 않았다. 그 경우는 극찬이었다. 나는 '참 잘했어요' 도장을 받은 초등학생처럼 상기되었다. 불어 선생의 칭찬은 거기까지여야만 했다. 시인의 감성까지 완전히 이해해서 시적으로 해석했어요. 상미는 불시를 더 많이 읽어보고 시를 썼으면 좋겠어요. 칭찬은 고래도 춤추게 한다지만 때로는 독이 될 수도 있다. 나는 그날 이후로 불어와 불어 선생에게 빠져들었다. 그리고 막연히 불문과를 동경했다. 불문과를 가면 프랑스에도 갈 수 있고 프랑스 영화나 노래에 나오는 여인처럼 살 수 있을 거라고 생각했다.

불어 선생은 거의 혼자 있었다. 다른 선생들과 어울리지 않았고 인기가 많은 다른 선생들처럼 아이들에게 둘러싸여 있지도 않았다. 나는 불어 선생이 고독한 백조 같다고 생각했다. 어쩌면 내 모습 같기도 했다. 방과 후 청소 시간이나 야간 자습 전에 음악실 앞에서 불어 선생을 보았다. 불어 선생은 음악실이 비어 있을 때면 그곳에서 비올라를 연주했다. 왜 비올라를 연주해요? 바이올린은 연주하는 사람이 많고 첼로는 너무 커서. 비올라는 그녀 품에 꼭 맞았다. 그녀는 듣기 좋은 소리를 내려면 한참 멀었다고 했다. 그녀는 찢은 노트에 베를렌의 시를 적어서 나에게 주었다. 그것은 내 결심의 증표가 되었다. 나는 일기장에 그것을 끼워놓고 프랑스와 함께할 미래에 대한 단어들을 잔뜩 썼다.

대학교 2학년이 되었을 때 고등학교 후배에게서 불어 선생이 결혼했다는 소식을 들었다. 30대 중반이 되어가는 나이였다. 나는 후배 앞에서 잘되었다고 말했지만 왠지 그녀가 혼자가 아니라는 사실이 낯설게 느껴졌다. 그녀는 언제까지나 내가 동경하는 모습으로 있어야 할 것 같았다. 고독하고 우아하게. 후배는 내가 묻지도 않은 말을 계속 했다. 불어 선생의 남편 되는 사람이 고위 공무원이라는 것과 그녀가 임신을 했는데 분필가루가 날릴까 봐 칠판 판서를 거의 안 한다고 했다. 그런 그녀의 모습이 상상이 안 되었다. 첫 소설집을 내고 그녀에게 책을 보냈다. 며칠 뒤 책을 받은 그녀가 전화를 했다. 축하한다고, 네가 글 쓰는 사람이 될 줄 알았다고, 학교 근처에 오면 꼭 연락하라고. 그리고 그녀는 내가 묻지도 않은 말을 했다. 나, 이제 일본어 선생이야. 나는 그녀의 그 말에 대답 대신 침묵했다. 그녀는 이어서 말했다. 이제 프랑스어를 배우는 애들이 없어서. 학교에서 제2외국어를 일본어와 중국어로 바꿨어. 그녀는 상당 기간의 일본어 연수를 한 다음 일본어 교사 자격을 얻었다고 했다. 그날의 통화는 허망했다. 그나마 조금 존재했던 뿌리조차 뽑혀나간 것 같았다.

6월로 공연이 연기되고 공연 굿즈를 판매했다. 연극 〈어느 여인의 초상〉의 주인공인 소피의 드로잉을 담은 에코백과 파우치였다. 내가 굿즈를 주문한 사실을 잊어버릴 즈음에 택배가 도착했다. 처음에 초대 메일을 보냈던 기획팀 후배가 발신인이었다. 깔끔한 네이비 색상의 에코백에 가는 흰 선으로 그려진 소피가 고혹적이었다. 나는 블루 파우치에 이전 파우치에 담겨 있던 것들을 쏟아 옮겼다. 덤으로 온 소피가 그려진 엽서를 장식장 위 액자에 넣었다. 나는 마치 연극 속 주인공 소피가 된 듯 달떠 있었다.

안이 1학기 기말고사가 끝나는 날 나에게 뜻밖의 제안을 했다. 프랑스 소설을 읽는 스터디를 같이 하자고, 시작한 지 얼마 안 되었는데 내가 합류했으면 좋겠다고 했다. 시험 기간 동안 도서관 자리를 놓쳐 빈 강의실에서 몇 번 만나 점심을 같이 먹은 뒤였다. 알바 때문에 학교 수업 외에는 아무런 활동도 할 수 없는 상황이었다. 그런 사정을 듣고는 토요일 오후로 스터디 시간을 조정해보겠다고 했다.

스터디 장소는 학교 앞 건물 지하에 있는 카페 '몽마르트'였다. 목이 길고 긴 생머리를 한 카페 주인은 불문과 선배였다. 모딜리아니 그림 속 여인을 닮은 선배는 프랑스 여자 같았다. 고혹적으로 웃으며 커피와 차를 서빙하는 선배를 볼 때마다 나는 그녀가 소설이나 영화 속 여인 같다는 생각을 했다. 궁금했다. 그녀의 꿈은 카페 여주인이었을까? 안과 명훈, 경이, 신영, 진희가 포함된 스터디 멤버는 나와는 교류가 거의 없었지만 전공 시간마다 두각을 나타내는 친구들이었다. 나는 나를 환영하는 그들을 자격지심에서 잔뜩 경계했다. 나를 위해 주말로 시간을 변경한 그들에게 고마움을 갖고 있으면서도 표현하지 못했다. 스터디 멤버들은 지극히 프랑스적인 삶을 닮아가려고 애썼다. 밥 대신 바게트 빵을 먹었고 단 것이 거세된 블랙커피를 마셨다. 안은 커피에서 낙엽 타는 냄새가 난다고 했다. 안과 명훈은 카페 안이 자욱하도록 담배를 피웠다. 매주 조금씩 원작 프랑스 소설을 읽어 나갔다. 나는 나날이 좋아지는 그들의 프랑스어 발음에 주눅 들며 긴장했다. 그들은 내 차례가 오면 어색해하는 나를 다독이는 것 같았지만 언뜻 새어 나오는 그들의 오만함을 볼 때도 있었다.

서대문구에 사는 진희 집에서 스터디를 하는 날이었다. 현관까지 이어져 있는 계단엔 여러 개의 탐스러운 국화 화분이 놓여 있었다. 대리석 벽으로 된 집이었다. 현관 옆 베란다에 세워진 빨래 건조대에는 수

영복과 수영모자가 걸려 있었다. 소파와 테이블이 놓인 거실엔 피아노도 있었다. 문과대 축제 때 진희가 불문과 대표로 피아노를 치며 샹송을 불렀던 것이 떠올랐다. 나는 한밤중 정원의 풀에서 혼자서 수영을 하고 나와 피아노를 치는 영화 속 여인을 생각했다. 진희는 새벽에 수영장에 다니고 일주일에 두 번 저녁에 피아노 레슨을 받는다고 했다. 스터디 멤버들은 그녀를 선망했고 나는 안의 그녀를 향한 범상치 않은 눈빛을 엿봤다. 어디나 내 자리는 아니라는 것을 확인하면서 나는 불편했다.

마지막 시도로 나는 새벽에 일어나 부장 집 중학생 아이에게 공부를 시켰다. 꾸벅꾸벅 조는 아이를 일찍 재우고 선택한 방법이었다. 아이 엄마인 부장은 나의 열심에 만족해했다. 그러나 아이는 학교 시험을 치를 때마다 참혹한 결과가 나왔다. 내가 들어오기 전과 다름없이 밑바닥 성적이었다. 부장은 나를 원망하기보다는 혹시나 했는데 역시였구나 하는 허탈한 표정을 지었다. 성적표가 나온 날, 나는 아이와 공부를 하는 대신 집 앞 공원을 산책했다. 비밀을 캐내듯 조심스럽게 아이에게 말을 걸었다. 언제든지 이 집을 떠나자는 결심을 한 뒤였다. 아이는 전에 배운 것을 자꾸 까먹는 자신을 스스로도 잘 모르겠다고 했다. 그래도 분명히 원인은 있을 것이었다. 아이에게 네가 원하는 것이 뭐냐고 물었다. 선생님 없이 혼자 있는 것이라고 했다. 초등학교 입학해서 그때까지 늘 아이 곁에 가정교사가 있었다. 셀 수도 없고 누구였는지도 기억나지 않는. 그중에 나도 한 명이었다. 나는 가슴이 메어졌다. 아이에게 다시는 너에게 공부를 가르치는 선생은 없게 할 것이라고 했다.

11월 중순에 진눈깨비 같은 눈이 내렸다. 첫눈이었다. 누구는 첫눈이 아니라고 했다. 며칠 전 밤에도 눈이 온 것을 본 사람이 있었다. 기다려온 첫눈은 늘 어설프게 내렸다. 많은 사람이 환호했지만 잠깐 내리다가 그쳤다. 대성로를 내려오며 첫눈 오는 날의 약속이라도 있었던가 기억하려는 차에 안이 나를 앞서 가로막았다. 학교 앞 분식집에 들어가 어묵과 함께 소주를 시켰다. 처음일지 아닐지 모르는 눈이 핑계였다. 안은 말간 소주 빛깔과 독일에서 간호사로 일하며 자신의 학비를 보내주는 누나에 대해서 말했다. 스터디에서 주로 담배와 커피로만 기억되는 안의 모습이 신선했다. 그날 안은 성급하게 다음 만남을 제안했다. 내가 강의가 끝난 뒤 여유로운 시간이 없어서 만남의 장소는 주로 학교 앞 카페였다. 브라질의 도시인 상파울루라는 이름을 가진. 바닥이 마루로 되어 있고 클래식 음악이 나오는 그곳에 있으면 나는 꽤 고풍스런 사람이 되었다.

안은 소설을 쓴다고 했고 그해 연말에 신춘문예에 응모할 거라는 말도 했다. 나는 그런 안이 흥미로워 소설의 내용과 제목에 대해서 물었다. 실제로는 신춘문예에 응모하지 않았을 수도 있는 그 소설의 제목이 오랫동안 기억났다. '고장 난 시계'. 안과 나의 관계에 진전은 없어 보였는데 끊임없이 안은 다음 만남을 기약했다. 나에게 캐내어야 할 무엇이 아직 남아 있는 것처럼. 나는 자주 안을 만날 수 없어서 그에게 전화를 걸거나 편지를 썼다. 일부러 입주과외 집으로 돌아갈 때 건대 호숫가를 거쳐 갔다. 가는 길에 공중전화가 있었다. 나는 전화로 안에게 내가 본 저녁노을과 호수 풍경을 얘기했다. 그때마다 안은 나와 함께 있는 것처럼 공감했다. 나는 안을 좋아했고 그 역시 그럴 거라고 생각했다. 서로 그런 마음을 확인하진 않았다.

부장 집으로 안에게서 전화가 온 것은 뜻밖이었다. 출퇴근을 하며 집일을 하는 파출부 아줌마는 내가 월권행위라도 한 것처럼 전화를 바꿔주며 못마땅한 표정을 지었다. 나는 아이들의 저녁 공부가 있었지만 곧 들어오겠다는 말을 남기고 나갔다. 나는 안을 만나자마자 곧 들어가야 한다고 말했지만 그가 그곳까지 찾아온 것이 너무 좋았다. 골목을 걷고 있는데 긴 사이렌과 함께 최루탄 가스 냄새가 나기 시작했다. 골목길에 사람들이 나와 익숙하다는 듯이 문을 닫고 들어갔다. 최루탄 가스 냄새는 점점 짙어졌다. 안은 내 손을 잡고 달렸다. 냄새가 옅어지는 쪽으로. 얼마 후에 지상 전철역이 나타났을 때 거리는 어두워져 있었다. 역 앞 음식점에서 콩나물국밥을 먹었고 나는 돌아가야 된다는 사실을 잊었다. 거리의 가로수 잎들이 떨어져 휘날리고 있었다. 손바닥보다 큰 플라타너스 잎이었다. 10월의 마지막 날이었고 무슨 일이라도 일어나야 할 것 같은 밤이었다. 하천 옆 전광간판이 번쩍이는 여관으로 들어갔다. 작고 지저분한 창문으로 안은 담배 연기를 내뿜으며 말했다. 센강 같아. 안은 파리에 가본 것처럼 말했다. 프랑스 영화를 너무 많이 봤을까?

나는 입주과외 집에서 나왔다. 언제라도 나오려고 했는데 조금 앞당겨졌을 뿐이었다. 부장에게 아이는 이제 새로운 선생님이 없는 게 좋겠다고 말했다. 그건 아이를 위해 아주 중요한 문제라고 강조했다. 집 식구들은 다시 돌아온 나를 걱정스러운 눈빛으로 맞았다. 오빠가 제안을 했다. 프랑스에서 베이비시터를 구한대. 프랑스어를 조금 할 수 있으면 좋은가 봐. 일부러 유학도 가는데 좋은 기회잖아. 오빠가 어떻게 그런 정보를 알았는지 궁금했지만 묻지 않았다.

학교 앞 수제비집에서 알바를 했다. 집은 멀었다. 알바가 끝나 버스를 타고 지하철을 타고 또 버스를 갈아타고 집에 가면 간신히 그날 도착했다. 1호선 지하철을 타기 위해 학교 앞에서 종각역까지 가는 버스를 탔다. 버스 창문으로 궁궐 문과 궁궐 담장을 바라보는 것이 좋았다. 습관처럼 창경궁 쪽을 바라볼 수 있는 자리에 앉았다. 인도 위로 도열한 플라타너스 나무에서 커다란 잎들이 떨어져 날렸다. 가로등 불빛 때문에 나뭇잎들은 황금색 지폐처럼 보였다. 「부다페스트에서의 소녀의 죽음」이란 시가 떠올랐다. 그 지점에서 언제나처럼 차들은 지체되었고 나는 밖을 내다볼 수 있는 여유를 즐겼다. 나뭇잎이 날리고 검버섯 꽃이 피어 있는 나무 등에 안이 기대서 있었다. 소리를 지를 뻔했다. 버스가 조금 앞으로 움직이자 안 곁에 서 있는 진희가 보였다. 그대로 버스가 지나갔으면 나의 운명이 바뀌었을까? 때로 운명은 순간에 의해 결정될 수도 있으니까. 버스는 그 위치에서 오래 멈추었다. 교통사고라도 났을까? 안은 자세를 바꿔 진희를 마주 보고 있었다. 진희의 얼굴이 가로등 불빛에 환하게 비쳤다. 어항 속의 금붕어처럼 그들의 입이 계속 벙긋거렸다. 진희의 눈빛은 쏘듯이 안을 향해 있었다. 요염했다. 그동안 한 번도 그녀에게서 볼 수 없는 모습이었다. 진희가 안을 끌어안았다. 그들은 저항할 수 없는 힘에 이끌리듯이 격렬하게 키스를 했다. 버스에 앉아 있던 사람들이 일제히 창밖으로 시선을 돌렸다. 사람들은 숨소리조차 참았다. 야한 영화를 보다 들킨 사람처럼 고개도 돌리지 못했다.

스터디에서 선정한 카뮈의 「이방인」은 끝에 다다르고 있었다. 나는 차례가 되어 내가 읽어야 할 부분을 읽어 내려갔다.

"태양의 붉은 폭발은 여전히 그대로였다. 쏟아지는 태양의 열기에 이마가 팽창하는 느낌이었다. 그 모든 열기가 머리 위에서 나를 내리누르면서 내가 앞으로 나아가는 것을 방해하고 있었다. 그래서 뜨거운 태양의 엄청난 숨결을 얼굴에 느낄 때마다 나는 이를 악물었고 ……태양과 태양이 쏟아붓는 그 캄캄한 취기를 이겨내려고 전신을 긴장시켰다……"

살짝 열린 출입구 문틈으로 들어온 오후의 햇빛이 어두운 '몽마르트' 지하카페 계단 위로 흘러내렸다. 어느새 총이 내 손에 쥐어져 있었다. 그 빛이 총구에 닿아 번쩍였다. 나는 총으로 안의 심장을 겨누고 있었다. 나는 뫼르소가 아랍인을 향해 방아쇠를 당기는 순간 테이블에 책을 내려놓으며 와락 울음을 쏟았다. 스터디 친구들은 모두 당황해서 어쩔 줄 몰라 했다. 나는 사정이 있어 그만 가봐야겠다고 하며 지하카

폐 계단을 부리나케 올라갔다. 아무도 나를 쫓아오지 않았다.

　마지막 강독. 원어연극 배우들은 막바지에 이른 연극 대사를 읽는다. 연극 속 인물들은 각자 자신의 입장에서 소피를 향해 언성을 높인다. 왜 소피는 애인인 사비에를 죽였는가? 그녀는 피하지도 않고 꾸미지도 않으면서 자신을 그대로 드러낸다. 소피는 그녀를 이끄는 운명에 따라 행동했다. 사랑도. 살인도. 사랑의 시점이 달랐을 뿐이었다. 사비에가 먼저 사랑을 했고 소피는 그가 그녀에게서 마음을 돌린 순간에 사랑하기 시작했던 것이다. 어긋나면 꼭 문제가 일어나는 법이다.

　공연이 연기되고 시간이 지날수록 프랑스어 연극에서 배우들의 대화는 점점 농밀해졌다. 얼굴을 안 보고 배우들의 목소리만 듣는다면 그들을 프랑스 사람들로 생각할 것이다. 나는 강독 동영상을 여러 번 재생시켜 소피의 대사를 따라했다. 뭔가 달라진 분위기에 남편과 아이가 의아해했다. TV에서 프랑스 관련 내용이 나오면 나를 시험하기 위해 무슨 말이냐고 짓궂게 묻던 그들이었다. 컴퓨터 모니터 앞에서 프랑스어를 따라하는 나를 보고 남편이 말했다. 지금 프랑스어를 배워서 뭐 할 건데? 나는 남편을 바라보며 말없이 웃었다.

　연초록 나뭇잎이 짙어지고 있다. 프랑스어 연극 공연일이 가까워지고 있다.

새벽에 사과 먹는 여자

잠이 오지 않았다. 계속 눈만 감고 누워 있었다. 집에선 활기차게 하루를 재개할 시간이다. 옆 침대에 누운 C는 내게 그렇게라도 누워 있으면 반 정도는 자는 셈이라고 위로를 하다가 코를 골기 시작했다. 그 소리가 나를 방해하진 않았다. 저녁부터 일부러 물을 먹지 않았는데도 요의가 느껴져 서너 차례 일어났다. 내일 일정을 위해선 어떻게 해서라도 잠이 들어야 한다는 생각에 조바심이 일었다. 나라와 인류 평화를 위해 생전 안 하던 기도를 했다. 나 아닌 것들을 위해 기도한 게 얼마 만인가? 기도를 하면서 내가 괜찮은 사람이라는 생각이 들었다. 그래도 잠이 오지 않았다. 이번엔 양을 세었다. 가까스로 잠이 들기까지 내가 센 양은 몇천 마리가 되었다.

단둘이 기차나 버스를 타고 먼 곳을 여행하고 싶다는 요청을 C는 들어주었다. 나의 평생소원을 한꺼번에 다 들어준다는 듯이 그는 긴 비행 시간과 도착해서도 지겨울 정도로 버스를 타야 하는 유럽 패키지 여행을 예약했다. 모르는 장소, 모르는 사람 속에서 남자와 내가 단둘이 있을 수만 있다면 다른 것은 아무것도 필요 없었다. C와 내가 친밀한 관계가 아니라는 것은 중요하지 않았다. 나의 버킷리스트를 이루게 해준 C가 고마울 따름이었다. 내가 그 부탁을 했을 때 A는 피식 웃었고 B는 웬 소녀 감상이냐며 단칼에 거절했다. C는 자상한 남편 노릇도 해주었다. 호텔 조식 뷔페에서 C는 내가 먹을 것을 날라다 주었고 식사 말미에 커피를 갖다주는 것도 잊지 않았다. 관광지 어딜 가서도 나의 어깨에 손을 두르고 탄성을 지르게 하는 배경 앞에서 셀카봉을 눌렀다. 일행들의 시선이 우리에게 꽂혔다. 소리가 들리지 않아도 우리를 향한 의심과 경멸의 수군거림을 느낄 수 있었다. "쟤네 불륜이야."

꼭 같은 시간에 눈이 떠졌다. 새벽 두 시. 한국에선 출근을 해서 부산하게 움직일 시간이었다. 커튼을 젖히니 온통 눈이었다. 가로등 불빛이 은성했다. 2월의 눈은 별도의 축복처럼 느껴졌다. 옷걸이에 걸린 외투 주머니가 불룩했다. 전날 저녁 미처 먹지 못해 식당에서 들고 온 사과를 꺼냈다. 당도가 떨어지지만 노란 빛깔의 작은 사과가 껍질째 베어 물기에 좋았다. 나는 사과를 한 입 베어 물었다. 고요 속에서 사과가 깨어지는 소리가 컸다. 자는 줄 알았던 C가 눈을 감은 채로 말했다.

"새벽에 사과를 먹는 여자라……."

이상하게 C가 한 말의 울림은 컸다. 아침도 아니고 저녁도 아니고 새벽에 사과를 먹는 여자라니, 내가 좀 특별해지는 것 같았다.

"잠이 안 와서⋯⋯."

나는 C에게 채워지지 않는 허기에 대해 말하지 않았다.

그곳은 세상에서 가장 아름다운 물감이 풀어진 호수라고 했다. 그토록 오묘한 푸름의 그러데이션은 보기 힘들 것이라 했다. 나는 그곳을 버킷리스트의 하나로 추가했다. 그리고 더 이상 지체할 수 없다고 생각했다. 겨울이라지만 곧 봄인데 물빛이야 달라지겠냐는 생각을 하고 왔다. 여행 출발일 전 인솔 가이드는 눈이 많이 왔으니 아이젠을 준비하라고 했다. 그때까지만 해도 만약을 위한 준비일 뿐 짐이 되지 않을까 걱정을 했다. 12월에 내려야 했을 눈이 2월에 내렸다고 했다. 그곳으로 가는 길은 온통 눈이었다. 폭설. 가이드는 어쩌면 들어갈 수 없을지도 모르겠다고 했다. 가이드는 이런 일은 이미 익숙하다는 듯 덤덤한 표정이었고 일행들은 초조해했다. 버스에 일행들을 두고 출입구 매표소에 다녀온 가이드는 말했다.

"일단 입장은 가능합니다. 그런데 눈이 많이 와서 여러 노선이 통제되었고 갈 수 있는 곳도 안전 차원에서 가지 않는 것이 좋겠습니다. 입구에서 폭포를 바라볼 수 있는 곳까지만 가겠습니다."

사람들은 차에서 내려 아이젠을 신었다. 모자를 쓰고 장갑을 끼고 단단히 무장을 했다. 모두 프로 산악인처럼 보였다. 눈은 계속 내렸다. 입구에 들어서자마자 일행 중 어떤 여인은 꽃무늬가 프린트된 분홍색 우산을 쓰고 포즈를 취했다. 사람들은 저마다 눈 덮인 풍경에 감탄하며 함성을 질렀다. 입구에서 얼마 가지 않아 얼어붙은 폭포가 보였다. 모든 풍경은 눈에 덮였고 흐름은 정지되었다. 일행들은 가이드를 따라 눈 쌓인 길을 걸었다. 사람들은 눈을 배경으로 셀카를 찍기도 하고 눈길에서 온갖 포즈를 취했다. C는 나에게 여러 가지 제스처를 주문했다. 나는 두 손을 들고 뛰어오르거나 눈길에 눕기도 했다. 나는 겨우 이 짓을 하려고 이 먼 곳까지 왔을까 하는 생각을 했다. 하지만 C에게 그런 내색을 하지는 않았다. 얼마 가지 않아 가이드는 더 이상 진입할 수 없음을 알렸다. 사람들은 아쉬움을 내비치며 발길을 돌렸다. 가이드는 봄이나 가을에 다시 오면 되지 않겠냐고 위로했고 사람들은 한숨을 쉬었다. 가보지 않은 길은 어디까지 이어져 있을까? 어떤 비경이 숨겨져 있을까? 나는 이곳에 다시 올 수 있을 것이라는 생각은 하지 않았다. 이 먼 길을 어떻게 누구와 다시 온다는 말인가? 나는 그냥 여기까지라고 체념하였다. 특별히 아쉽거나 미련이 남지도 않았다. 내게 올 수 있는 행운이 여기서 멈춘 게 지금까지 나의 삶처럼 자연스러웠다.

눈은 자연재해였다. 일정이 변경되어 일행은 호텔로 일찍 들어왔다. 사람들도 눈과 추위에 얼어붙은 몸을 한시라도 빨리 녹이고 싶은 마음에 그것을 반겼다. 객실에 짐을 부리고 일행은 호텔 3층에 있는 펍 레스토랑으로 갔다. 펍 레스토랑에서는 주름이 자글자글하고 짧은 커트 머리를 한, 한눈에도 늙어 보이는 여자가 서빙을 하고 있었다. 청바지에 반팔 티셔츠를 입은 늙은 여자는 유리잔과 커다란 접시를 들고 경쾌한 걸음으로 움직였다. 나이가 들어서도 저렇게 잰 동작으로 일을 하는 여자가 멋있다는 생각을 했다. 자주 여자의 동작을 주시했다. C는 나의 생각을 감지했다는 듯 말했다.

"서양 사람들은 노화가 빨리 와. 늙은 여자는 아닐걸."

그럴지도 모르겠다고 생각했다. 나는 우선 멸치장국 맛이 나는 수프로 몸을 데웠다. 이어서 나온 돼지고기 스테이크는 질기고 냄새가 났다. C는 상관없다는 듯 맛있게 먹었다. 나는 몇 번 칼질을 하다가 먹는 것을 포기했다. 대신 후식으로 나온 사과를 단숨에 먹어치웠다. 접시를 치우러 온 늙은 여자가 테이블을 보더니 주방으로 가서 사과 두 개를 더 가져왔다. 내가 고맙다고 했을 때 늙은 여자는 나를 향해 알 듯 모를 듯한 미소를 보냈다.

가이드는 내일 일정은 빠듯해서 일찍 움직여야 하니 되도록 빨리 잠자리에 들 것을 당부했다. 잠은 여전히 오지 않았다. 뒤척이는 나를 보고 C는 오늘도 잠이 안 오냐고 하면서 눕자마자 잠이 들 태세였다. 오늘도 양을 세라고 한마디 덧붙이는 것도 잊지 않았다.

나는 양을 세는 대신 일부러 내일 나에게 다가올 일에 대한 즐거운 상상을 했다. 햇빛은 찬란하고 드넓게 펼쳐진 아드리아해, 거리에서 영화 속 주인공처럼 잘생긴 남자를 만나다⋯⋯. 그 상상은 더 이상 뻗어나가지 못했고 결국 나는 다시 양을 셌다. 양을 세니 정신이 더 말똥말똥해졌다. 벽은 슬픈 색조를 띤 벽지로 도배되어 있었다. 그 위로 사과가 그려진 정물화 액자가 걸려 있었다. 사과라니. 보이지 않던 것들이 하나둘 내 시야로 들어왔다. 나는 일어나 저녁에 늙은 여자가 가져다준 사과를 집었다. 와사삭. 나는 C가 깨어나길 바라면서 있는 힘껏 베어 물었다. 보암직도 하고 먹음직도 한 이 사과를 나는 C에게 권할 것이다. 이 사과를 먹으면 눈이 밝아져 지금까지는 알지 못하던 것을 알게 될 것이라고 C의 귀에 달콤하게 속삭일 것이다.

C는 내 마음속 생각을 듣기라도 한 것일까? 어느새 일어나 남은 한 개의 사과를 마저 들고는 자신의 머리 위에 올렸다. 소년의 머리 위에 놓인 빌헬름 텔의 사과가 떠올라 나는 순간 비장해졌다. C는 나를 보면서 심각하게 말했다. "화살로 내 머리 위에 있는 사과를 쏘시오." 나는 순간 생각했다. 내가 C의 머리 위에 있는 사과를 화살로 쏘아 떨어뜨린다면 지금까지의 내 비루함은 사라지고 힘이 세질 것이라고. 나는 화살로 쏘는 대신 C의 머리 위에 놓인 사과를 집어서 그의 손에 건넸다. C는 내가 준 사과를 다 먹고 나를 안았다.

유명 관광지인 스플리트로 가기 전 작고 예쁜 도시 트로기르에서의 일박이었다. 거의 잠을 못 자고 날이 밝자마자 나는 호텔에서 얼마 떨어지지 않은 바닷가로 나갔다. 해변은 모래 대신 자잘한 돌이 발밑에서 자그락거렸다. 바닷물은 숲속의 계곡물처럼 맑았다. 멀리 붉은 지붕의 집들이 새벽빛 속에 떠올랐다. 너무나 아름다워서 비현실적인 풍경으로 다가왔다. 우리 일행의 여고 동창생들도 어느새 나와 자갈 해변을 거닐고 있었다. 여기저기서 사진을 찍으며 깔깔거렸다. 남편도 아이들도 있을 내 또래의 저들은 웃음소리도 싱그러웠다. 그들 곁을 지나가며 목례를 하자 누군가 기어이 한마디 던지면서 웃었다. "같이 나오시지 그랬어요."

전날의 기원이 무색했다. 비는 그쳤다 내렸다 해서 사람들은 우산을 접었다 폈다 하며 걸었다. 중세의 모습을 간직하고 있는 작은 도시는 비와 잘 어울렸다. 일행들은 흩어져 좁고 복잡한 골목을 따라 걸었다. 화사한 꽃들이 피어 있는 작은 화분들이 현관 입구 계단이나 발코니에 나와 있었다. 비에 젖은 제라늄의 붉은 색깔이 선명했다. 사람들은 비가 오는데도 2층 발코니에 걸린 빨랫줄에 옷가지를 널었다. 빨래가 언제 마를까 공연히 걱정이 되었다. 입구에 고풍스런 팔각등이 걸려 있는 작은 레스토랑에서 익숙한 수프 냄새가 흘러나왔다. C는 나를 그 앞에서 포즈를 취하게 해 사진을 찍으며 또 한 번 아는 체를 했다. "리소토일 거야. 우리나라 닭죽 같은." 일행 중 젊은 부부가 우리를 힐끗 보며 지나쳤다.

남편과 아이를 위해서 발코니에 빨래를 널고 닭고기 수프를 끓이는 느낌은 어떤 것일까? 가끔 해보던 생각이었지만 나는 이 풍경에 빨려 들어가 그 어느 때보다도 심각해졌다. 그리고 잠시 잊고 있던, 집에서 오매불망 나를 기다리고 있을 칠순의 엄마를 떠올렸다. 엄마는 캐리어를 끌고 공항버스를 타러 가는 나를 배웅하며 눈물을 흘렸다. "지금이라도 안 가면 안 되겠니?"가 배웅 인사였다. 지난해 유아교육 해외봉사 지원을 했을 때는 결혼한 동생 내외까지 불러 눈물을 뿌리면서 나를 만류했다. 굳이 그 상황을 깨뜨리면서 나갈 기운은 없었다. 자연스럽게 포기했다. 나를 아는 사람들은 내게 제발 엄마에게서 벗어나 내 길을 가라고 했다. 젊었을 때는 그런 말을 들으면 웃으면서 "제가 소녀가장인걸요." 하면서 농담도 했으나 이제 그것도 효력을 상실했다.

가만히 생각해보면 내가 언젠가 결혼을 할 뻔하다가 어그러졌을 때도 엄마는 은근히 그것을 바랐는지 어떤 아쉬움도 나타내지 않았다. 그렇다고 내가 지금까지 혼자인 것을 오롯이 엄마 탓으로 돌리고 싶진 않다. 엄마가 강제로 내 발목을 붙든 것은 아니니까. 다만 이제는 오랜 세월 엄마와 내가 너무 익숙해져서 서로에게 벗어나기가 쉽지 않게 된 것이다. 내가 20년 가까이 일하던 어린이집 교사를 그만두었을 때 엄마는 극도로 불안해했다. 엄마는 수시로 내 행선지를 체크했다. 내가 남자라도 만나는 낌새를 맡으면 즉시 말했다. "이제 와서 결혼해서 뭐 하니? 남자 뒷바라지나 하고 고생만 하지. 너 어렸을 적 니 아버지 보면 모르겠니?" 아버지와의 추억도 제대로 없는 나에게 엄마는 억지를 부리며 말했다.

멋진 요트와 유람선이 정박해 있는 항구, 야자나무가 늘어서 있는 남국적인 분위기의 해변 길로 연상되는 곳. 점심을 먹고 트로기르하고 견주면 현대적 분위기가 섞여 있는 스플리트로 넘어왔다. 언젠가 TV 프로그램에 나온 이후로 유명해졌다는데, 여행 비수기인데도 곳곳에 사람이 넘쳐났다. 해변엔 하얀 요트들이 정박해 있어 여름을 꿈꾸고 있었다. 또 어디선가 미모의 현지 가이드가 툭 튀어나와 인사를 하고는 원하는 사람들과 사진 촬영을 한 후에 사라졌다. 현지 국적의 가이드를 꼭 써야만 하는 것이 자국민 보호 측면에서 이해가 갔으나 단지

형식적인 구색만 갖췄다는 점에 답답했다. 궁전과 성당 앞에서 가이드는 그 시대 그 나라에 있던 위대한 왕과 성인을 얘기했다. 그 모든 것이 아득했다. 사람들은 자유 시간이 주어지자 쇼핑 골목으로 흩어졌다.

바람이 불었다. 나는 잠시라도 소란을 피해 한적한 곳으로 가고 싶었다. 식료품과 기념품 숍이 즐비한 지하상가를 통과하여 환한 대로로 나왔다. 가까이 요트가 정박한 해변과 드문드문 야외에 파라솔을 펼친 카페들이 있었다. 우리 일행 몇 명이 테이블에 앉아서 아이스크림을 먹고 있었다. C와 내가 지나가자 일행 중 자주 투덕대던 자매가 우리를 불러 세웠다. 건너편 아이스크림집을 가리키며 C에게 말했다. "저기가 꽃미남 배우 ○○○가 아이스크림 사 먹은 집이래요. 사모님하고 기념으로 아이스크림 드셔야죠." 그네들은 '사모님'을 강조하는 것 같았다. 조롱인 줄 알았지만 기분이 나쁘지도 않았다. 아이스크림집에는 사람들이 줄지어 있었다. 유명인이 다녀간 상점과 음식점은 어디나 인기가 있었다. 나는 민트, C는 딸기 아이스크림을 사서 들고 걸었다. 싸한 민트향이 온몸에 퍼졌다.

건너편 상점 입구로 들어가는 인도에서 카우보이 모자 아래 긴 머리를 늘어뜨린 여자가 쪼그려 앉아 담배를 피우고 있었다. 가끔 우리가 있는 맞은편을 바라보며 담배 연기를 내뿜었다. 나도 그녀 곁에서 담배를 한 대 피우고 싶어졌다. C와 나는 어느새 도로를 건너 담배 피우는 여자가 있는 상점 앞으로 갔다. 가방과 모자, 마그네틱 같은 기념품을 파는 곳이었다. 벽 여기저기에 봄을 앞두고 겨울 상품 할인을 한다는 세일 광고지가 붙어 있었다. C와 내가 들어서자 여자는 얼른 담뱃불을 끄고 일어나서 우리 곁으로 왔다. 나는 곁눈으로 그녀의 얼굴을 재빠르게 훑었다. 배우라 해도 손색이 없을 만큼의 미모였는데 얼굴엔 슬픔이 스며 있었다. 처음 본 이국의 여인이었지만 어떤 말이라도 나누고 싶었다. 나는 벽 보드에 걸려 있는 가방을 들추었고 C는 입구에서 다양한 모양으로 도시 스플리트를 형상화한 마그네틱을 만지작거렸다. 말이 통하지 않아서였겠지만 여자는 빙그레 웃으면서 우리를 쳐다보았다. C도 여러 말 하지 않고 얼른 여자에게 내가 둘러메보고 있는 가방의 가격을 물었다. 여자는 가방을 쇼핑백에 넣은 뒤에 C가 만지작거리던 하얀 요트 모양의 마그네틱을 떼어내 C에게 주었다. C는 마치 가방을 공짜로 산 듯 입이 헤벌어져서 땡큐를 연발했다.

C와 나는 다시 상점가를 지나 궁전과 광장이 있는 곳으로 올라갔다. 금문이라는 곳을 통과하니 크로아티아의 아버지라고 불리는 그레고리 주교상이 서 있다. 오른쪽 엄지발가락을 만지면 행운이 온다는 전설 때문에 사람들이 만져서 그곳만 번들번들 윤이 났다. C는 기어이 그냥 지나치려는 나를 이끌고 동상의 엄지발가락을 만지게 하였다. 지금까지 살면서 이런 기원의 장소를 수없이 맞닥뜨렸고 또한 수많은 기원을 했으리라. 나의 소원의 행방은 묘연했다. 광장 동쪽에 있는 은문을 나가니 노천시장이었다. 청과물이나 기념품을 취급하는 노점이 즐비해 그 어느 곳보다 활기가 넘쳤다. 나는 기분이 좋아져 빠르게 걸었다. C도 내가 기분이 좋아서 좋다고 했다. 과일 노점엔 이름을 알 수 없

는 형형색색의 과일들과 사과가 놓여 있었다. 한국의 사과처럼 크지도 붉지도 않았지만 그 어느 것보다 탐스러워 보였다. C와 나는 의미 있는 눈빛을 나누면서 사과 한 바구니를 들었다. 다시 우리는 궁전과 광장을 빠져나와 일행이 모이기로 한 요트 해변 옆 관광안내소 앞으로 왔다. 길을 건너기 전 담배 피우는 여자가 있는 가방 가게에 들렀다. 비닐봉지에 있는 사과 두 개를 꺼내 여자에게 건넸다. 여자는 눈이 동그래졌지만 곧 얼굴 가득 미소를 머금었다.

나흘째 되는 날에야 눕자마자 잠이 들었다. C는 내가 일어났을 때 내가 코까지 골았다며 낄낄거렸다. 양을 세거나 새벽에 일어나 사과를 먹는 일은 없었다. 호텔을 나오며 사과 봉지를 늘 메고 다니는 배낭에 넣었다.

날이 활짝 개었다. 하늘은 높고 푸르렀다. 미세먼지의 나라에서 온 사람들은 하늘을 보며 환호했다. 오늘은 이번 투어의 하이라이트라고 한 아드리아해의 진주인 두브로브니크 성벽 일주였다. 누군가가 송창식의 〈푸르른 날〉을 흥얼거렸다. 나는 언젠가 들은 어린이집 아이의 말이 떠올라서 "날씨가 플루트 같아."라고 했다. 우리 곁에 서 있던 여고 동창 팀 다섯 명이 일제히 나를 보며 말했다. "시인이세요?"

성벽 투어는 필레문이라는 곳으로 들어가면서 시작했다. 나올 때 역시 같은 문으로 나온다고 했다. 가이드는 3대 가족팀인 우리 일행 중 제일 나이가 많은 노인에게 다가가 계단도 많고 무리가 될 수 있는데 괜찮겠냐고 물었다. 사실 그 노인은 눈에 띄는 꽃무늬 블라우스에 세

련된 모자와 선글라스를 써서 나이를 가늠하기 힘들었다. 자식 연배로 봐서 70대임을 짐작했다. 노인은 그런 배려를 한 가이드에게 기분 나쁘다는 듯이 얼굴을 찡그렸다. 자주 C와 나는 식사 때 그 노인의 가족과 같은 테이블에 앉았다. 식사를 하다 잠깐 틈을 주면 노인은 자신이 자식들과 다녀온 여행지를 자랑했다. 옆에서 아들이 난처해하며 눈치를 줘도 아랑곳하지 않았다. C가 노인의 장단을 맞춰주면 노인의 눈에선 빛이 났다. 나는 그럴 때마다 나의 엄마를 떠올렸다. 엄마와 함께한 그 오랜 세월 동안 단둘의 여행은 가물가물했다. 내가 나쁜 딸이겠다 싶으면서도 엄마가 어디 가서 나와 함께한 여행을 주저리주저리 늘어놓는다면 그것도 괴로운 일이라는 생각에 고개를 저었다.

성벽길은 일방통행이라 사람들은 일렬로 걸었다. 사람들이 많아 사진을 찍는 것이 쉬운 일은 아니었다. 아름다운 풍광이 나타날 때마다 C는 나를 세우고 뒷사람들에게 'Sorry'를 외치며 재빠르게 사진을 찍었다. 그러다 보면 우리 일행들을 만나게 되고 이제 그들도 자연스럽게 C와 나를 대하면서 함께 포즈 취할 것을 재촉했다. 성벽에서 바라보이는 바다는 장엄하고 아득했다. 격한 감정이 목울대까지 올라와 어찌할 바를 몰랐다. 이런 곳에 성벽을 쌓은 사람들이 숭고하게 느껴져 한참 동안 경의라도 표하고 싶었다.

성 안쪽으로 달력과 풍경 사진에서나 보던 빨간 지붕의 구시가지가 펼쳐졌다. 사람들은 그 지점에 머물며 성벽에 기대 사진을 찍었다. 이런 풍경을 다시 못 볼 것처럼 최대한 사진 속에 담고 눈에 담았다. 성안 사람들은 여유롭게 빨래를 널고 차를 마시고 있었다. 그 일상의 뜰에는 오렌지나무와 환하게 꽃 핀 아몬드나무가 서 있었다. 나는 이 먼 나라까지 와서 일상의 풍경을 부러워하고 탐낸다. 붉은 지붕이 햇살을 받아 금빛으로 빛나면 성안의 집들은 더욱 비현실적으로 보였다. 이 나라의 지붕은 어딜 가나 붉다. 계속 궁금하면서도 어느 누구도 그 궁금증을 토로하지 않았다.

"두브로브니크의 지붕이 모두 빨간 이유는 전쟁이 났을 때 이 집은 민간인의 집이니 공격하지 말라는 뜻이야."

C가 말했다. C는 이곳에 오기 전 이 나라의 역사를 공부하고 왔나 보군. 3대 가족팀이 우리 곁을 지나가면서 C의 말에 귀를 쫑긋했다. 멋쟁이 노인의 며느리는 뭐 한 가지라도 듣게 하려고 초등학생 아들을 C 옆으로 들이밀었다. 그 소리를 들으니 붉은 지붕이 더 신비스럽게 보였다. 때로 비극적인 것이 더 아름답다. 나는 배낭에서 사과를 꺼내 3대 가족팀의 초등학생에게 건넸다. 아이는 고개를 꾸벅하고는 활짝 웃었다.

나는 예쁘게 담아야겠단 생각에 사과를 껍질째 토끼 모양으로 잘라 타원형 접시에 놓았다. 집 밖에서 트럭이 클랙슨을 울렸다. 웬 남자가 트럭에 타고 있었고 창밖을 바라보고 있는 나에게 눈을 찡긋했다. 나는 기다렸다는 듯이 뛰쳐나가 트럭에 올라탔다. 나는 어렸을 때부터 트럭처럼 차체가 높은 차에 타는 것을 좋아했다. 우쭐해져 내가 뭐라도 된 것 같았다. 남자는 내가 보는 앞에서 푸른 사과로 유리창을 닦고 그 사과가 맛있다며 한 조각을 잘라 나에게 주었다. 나는 내가 깎아놓은 토끼 모양 사과를 가져오지 못한 것을 후회했다. 나는 남자와 함께 여행이라도 가는 기분이 났다. 어디로 가느냐고 묻지도 않았다. 이 남자가 알아서 멋진 곳으로 나를 데려가리라고 믿었다.

우리 집 주변을 벗어나자 TV 속 세계 테마 기행에서 보던 유럽의 거리가 나왔다. 파리, 로마, 런던……. 나는 유럽의 여러 도시를 뇌었다. 대리석이 박혀 있는 인도 위로 수많은 사람들이 어딘가로 끊임없이 나아간다. 자전거가 지나가고 여자들이 유모차를 끌고 간다. 그 앞으로 공처럼 사과가 굴러간다. 상점 앞에 아이스크림 차가 서 있고 아이들이 그곳으로 몰려든다. 나는 창밖을 바라보며 마음이 따뜻해졌다. 거리를 벗어나니 호수가 나왔다. 남자는 트럭을 세우고 나갔다. 나도 따라 나갔다. 호숫가 푸른 잔디 위에는 곳곳에 붉은 사과가 놓여 있다. 누구도 그것을 가지려고 하지 않는다. 그것은 거기에 당연하게 놓여 있다는 듯이. 나는 남자와 손을 잡고 잔디 위의 사과를 꽃인 양 바라보며 호숫가를 천천히 걸었다. 한참을 걸으니 더 넓은 초원과 언덕이 나타났다. 초원에는 수박만큼 큰 사과가 놓여 있었다. 사과 하나가 둥실 떠올랐다. 잇달아 온통 하늘에 사과가 둥실둥실 떠올랐다. 나는 껑충 뛰어올랐다. 나는 떠오르는 사과와 하나가 되어 날아올랐다.

눈을 뜨니 C가 나의 손을 잡고 있었다. 어제는 일찍 잠들었으니 한숨은 제대로 잤겠다 싶었다. "뭘 잡으려고 몸을 들썩이던데. 하늘에서 보석이라도 쏟아졌나 보네." 나는 침대 테이블에 있는 사과를 한 입 베어 물고 정신을 차렸다.

며칠이 지나고 몇 개의 도시를 거치자 거리와 풍경이 거기가 거기인 듯 하나로 여겨졌다. C는 아주 오랫동안 같이 산 남자처럼 익숙해졌다. 줄곧 같은 이동 버스를 타고 같은 호텔에 머무는 일행들도 이제 허물없이 인사를 건네고 먹을 것이 있으면 서로 나누었다. 처음에 C와 나를 색안경을 끼고 바라보던 사람들도 우리를 자연스럽게 부부로 대했다. 물론 어디서나 변죽이 좋은 C의 탓이 컸다. 가이드는 저녁식사 때 C에게 이 나라의 유명 와인을 선물하면서 의미심장한 미소를 지었다. 여행 막바지가 된 것이다. 아드리아해를 따라 내려왔던 도시를 다시 올라가면서 마지막 여행지로 슬로베니아의 블레드섬을 들러 귀국길에 오른다고 했다.

로마 시대의 유적이 있는 자다르는 선물로 지어진 도시라는 뜻이라고 했다. 해변의 노을이 아름답다고 했다. 사람들은 일부러 이곳에 노을을 보러 온다고 했다. 그러나 저녁 무렵 우리가 도착했을 때는 시커먼 구름이 밀려오면서 빗방울이 떨어졌다. 좋은 날씨는 두브로브니크에서 하루뿐이었다. 로마 시대의 유적지인 성과 광장, 성당이 있는 성안을 들어가기 전에 이미 여행서나 매스컴에서 유명해진 바다오르간과 태양이 있는 바닷가로 갔다. 2월인데도, 날씨가 안 좋아 노을을 볼 수 없는데도 바다오르간이 있는 해변엔 많은 사람들이 모여 웅성거렸다. 바다오르간 위로 발걸음을 뗄 때마다 엷은 빗소리와 바람소리에 섞여 매번 다른 소리가 들렸다. 바다오르간은 바닥에 구멍들이 나 있다. 이 구멍에 연결된 파이프가 바다로 이어져 있다. 파도가 치면 파이프에 공기가 밀려온다. 바람과 파도의 세기에 따라 소리는 늘 다르다. 불규칙하지만 아름다운 소리. 바다 위의 오르간은 은은한 소리로 나를 끌어들였다. 때로는 낮은 음으로, 때로는 까르륵 웃는 아이들 웃음소리처럼 굴러갔다. 누군가 고래 울음소리 같다고 했다. 나는 진짜로 고래 울음소리를 듣고 싶어졌다. 나는 조용하게 흔들리는 파도와 함께 어우러지는 그 소리를 들으며 한참 동안 바다를 바라보았다.

태양의 인사는 해가 질 녘이라야 볼 수 있다. 낮 동안 열심히 태양열을 흡수한 태양열 집열판이 밤이 되면 아름다운 색의 영상을 쏟아낸다. 그러니까 낮 동안 햇빛을 모아들여 저녁이 되면 그 인사를 갈망하는 사람들에게 그 빛을 선물하는 것이다. 우리는 그 인사를 아예 기대할 수 없었다. 로마 시대의 유적이 있는 구시가지로 발길을 돌렸다. 탑과 광장과 성당을 둘러보는데 우산이 바람에 뒤집혔다. 따뜻한 불이 생각났다. 작은 레스토랑에 들어가 맑은 수프와 샐러드와 빵을 시켰다. 몸이 따뜻해지자 태양의 인사 같은 건 안 받아도 된다고 스스로를 다독였다.

가끔 그 여인이 생각났다. 나의 유년 시절을 함께했던 그 여인을 나는 이모라고 불렀다. 그 여인은 나와 내 여동생의 매무새를 늘 단정하게 챙겼다. 머리를 빗어서 묶어주고 구겨진 옷은 반듯하게 다림질해서 입혔다. 정성스럽게 도시락을 싸주고 우리 자매의 귓갓길에 나와 가방을 들어주었다. 우리 자매가 동네 아이들과 어울릴 때면 대문 밖으로 나와 우리 자매의 모습을 물끄러미 바라보다가 엄마가 부르는 소리에 후다닥 들어갔다. 이모는 그냥 이모일 뿐이었다. 엄마가 엄마인 것처럼. 이상하게 단 한 번도 나와 그 여인과의 관계를 깊이 생각해본 적 없었다. 내가 초등학생 때까지 나와 여동생은 마을에서 공주와 같은 대접을 받았다. 할아버지는 땅이 많은 부자에다가 면장이었다. 할머니와 엄마는 무서웠지만 꽤나 기품이 있었고 동네 사람들도 깍듯하게 대했다. 아버지는 서울에서 크게 사업을 한다고 했는데 가끔 나와 동생의 옷이나 구두를 사갖고 집에 들렀다. 이모 또한 우리 집에 원래부터 있는 그대로 자연스런 식구였다.

초등학교 6학년 때 나는 오랫동안 공주로 대접받던 풍요로운 동산을 떠났다. 아버지의 사업이 망했다고 했고 할아버지는 앓다가 돌아가셨다. 이모가 우리 집을 떠난 것도 그 무렵이었다. 아버지를 따라 이사 온 도시는 집도 동네도 너무 볼품없었다. 집은 시골집 사랑채만도 못했다. 할머니와 엄마는 시장에 장사하러 나가고 아버지는 술과 담배를 껴안고 집을 지켰다. 나는 아버지가 있는 집이 싫어 방과 후에도 여러 곳을 배회하다가 들어갔다. 엄마는 저녁 늦게 들어오면 아버지를 욕했고 할머니는 "다 내 죄야." 하면서 탄식했다. 언젠가 있었던 기품 같은 것은 서서히 사라졌다. 할아버지 성품을 닮아 유순한 아버지도 엄마의 습관적인 푸념과 잔소리에 무심하다가 버럭 화를 내는 순간이 있었다. 밥상이 엎어진 적도 있었다. 그러면 꼭 하는 말이 있었다. "저년이 애를 낳아본 적이 없어서 그렇지." 엄마도 아버지가 그 말을 하는 날에는 입을 닫고 딴청을 부렸다. 나는 대부분 극적으로 알게 되는 출생의 비밀을 엄마와 아버지의 큰소리가 오가는 싸움 속에서 알게 되었다.

시골에서 풍요를 누리던 시절, 할머니는 며느리인 엄마를 좋아했고 애를 못 낳는 며느리를 위해 씨받이까지 받아들였던 것이다. 나나 동생이 아들이었으면 더 좋았겠지만 그런대로 우리의 존재로 엄마의 위상은 세워진 셈이었다. 할머니가 돌아가시고 아버지마저 쓰러졌을 때도 엄마는 굳건했다. 엄마는 철저하게 내가 그녀의 딸이 아니라고 하는 생각의 빌미를 주지 않았다. 엄마가 살갑고 내게 각별한 애정을 갖고 있어서 그런 것은 아니었다. 나는 아련하게 혈육에 대한 허기를 느끼면서도 엄마가 내 엄마가 아니라는 생각은 하지 않았다.

언젠가부터 엄마가 나에게 집착할 때면 이모로 불렀던 여인의 존재를 상상하곤 했다. 그 여인의 존재를 좀 더 일찍 알았더라면 나의 삶이 달라졌을까, 지금과는 다른 나일까, 그 여인은 가족의 울타리 속에서 살고 있을까? 아니 제일 궁금한 것은 그녀가 가끔이라도 나와 동생의 존재를 생각하고 있을까 하는 것이었다.

가이드는 내일 젊은 사공이 젓는 배를 타고 고성이 있는 섬에 들어간다고 하였다. 폭우가 쏟아지는 것은 아닐까, 배가 뜰 수는 있을까, 바람이 불어 배가 뒤집히면 어떡하지……. 나의 염려는 다시 시작되었다. 잠은 또 오지 않았다. C는 나에게 오늘도 잠이 안 오냐고 하면서 본인은 눕자마자 잠이 들 태세였다. 양을 세라고 한마디 덧붙이는 것도 잊지 않았다. 염려로 가득한 엄마의 문자메시지가 여러 개 와 있었다. 답장을 하지 않았다. 나는 이제 사과가 수면제라도 되듯 마지막 남은 사과를 게걸스럽게 베어 물었다. 씨까지 씹다가 씨방 속에는 몇 그루의 사과나무가 자라고 있을까 생각했다.

슬로베니아. 다른 나라로 넘어왔다. 크로아티아와 수십 년간 연방국이던 두 나라는 이제 독립국가로서 자신의 빛깔을 더욱 충실하게 드러내고 있다. 블레드. 호수가 있는 마을에서 사람들은 환성을 질렀다. 호수를 내려다보는 깎아지른 절벽에 있는 성에 올랐다. 멀리 호수 위 섬이 보인다. 호수를 사이에 두고 성과 섬이 있다. 성에 오른 사람들은 성의 여러 지점에서 섬을 찍는다. 성이 있는 이유는 마치 섬을 바라보려고 있는 것만 같다. 가끔 내가 생각하는 여인은 어딘가 높은 성에서 호수에 외로이 떠 있는 섬인 나를 바라보고 있을까? 성안에 있는 성당과 대장간, 전시실 등을 들어갔다 나오면서 그 생각은 희미해졌다.

성에서 내려와 섬으로 건너갈 수 있는 선착장으로 왔다. 카누처럼 긴 배엔 양쪽으로 긴 의자가 있었다. 그곳에 사람들이 빼곡하게 앉았다. 비가 와도 바람이 불어도 배는 떴다. 사공은 젊었고 잘생겼다. 중세 시대의 기사를 연상하게 하는 뱃사공에게 사람들은 무슨 말이라도 걸었다. 사공이 한국말로 나이 든 여자에게 '누나'라고 불렀다. 누나라고 불린 여자는 영어로 사공에게 결혼했냐고 물었다. 사공은 한국어로 '노총각'이라고 말해서 사람들이 웃었다. 배가 뒤집힐 뻔했는데도 사람들은 좋아했다. 물이 너무 맑아서 물고기가 보이고 반영된 나무도 보였다. 알프스의 빙하로 만들어진 호수. 일행 중 누군가가 호수가 얼면 걸어서 섬까지 간다고 말했다. 그것을 믿는 사람은 없는 것 같았다. 수심이 깊은 곳도 있다는데 설사 호수가 언다 해도 그곳을 가는 사람은 없을 것이라고 생각했다.

성에서 내려다보던 섬의 성당이 가깝게 보였다. 성모승천성당. 99개의 계단을 올라가야 한다. 이곳에서 결혼식도 하는데 신랑이 신부를 안고 올라가는 것이 지금까지 관습이라고 한다. 드레스 자락을 끌며 신랑에게 안겨 계단을 올라가는 느낌은 어떤 것일까? 나는 C의 손을 잡고 힘겹게 계단을 올라갔다. 가이드는 성당 앞에서 일행들에게 블레드섬은 예로부터 사랑의 여신 시바가 깃들어 있다고 믿는데 그래서 결혼식의 풍습도 생겼을 것이라고 덧붙였다. 호수 건너편 성을 올려다보았다. 아래서 올려다본 성은 그곳에 있을 때와는 다르게 마치 동화 속에 나오는 성처럼 느껴지면서 그 속에 비련의 공주라도 갇혀 있지 않을까 하는 생각을 하게 했다. "별거 있겠어? 올라가느라 힘만 들지. 그냥 여기서 성 쳐다보면 됐지." 하던 멋쟁이 노인의 말이 떠올랐다.

성당의 종소리가 끊이지 않고 들렸다. 소원을 빌려는 사람은 줄곧 있었다. 교회 입장료 6유로를 내야 교회 안에 있는 종을 칠 수 있다고 했다. 소원을 빌려면 어디서나 돈을 내야 한다. 그만큼의 대가를 치러야만 그에 상응하는 보답이 있어서일까? C와 나는 입장료를 내고 성당 안으로 들어갔다. 오로지 종을 치기 위해서. 교회 안에는 바깥의 종탑과 연결된 줄이 있었다. 종을 세 번 울리면 소원이 이루어진다고 했다.

나는 지난밤 꿈속에서 사과와 함께 둥실 날아오르던 것을 떠올리며 줄을 잡아당겼다. 소리가 퍼져 날았다. 사방에서 사과가 날아올라 흩어졌다. 나는 단물이 가득 고인 윤기 나는 그 사과가 엄마에게, 또 어디엔가 있을 이모에게도 가서 안기기를 소원하면서 힘껏 줄을 잡아당겼다.

그 눈부신 새벽에

정말 많은 사람이 모였군요. 엄마, 울지 마세요. 이렇게 많은 사람들이 나를 보러 왔잖아요. 3월에 눈이 내렸어요. 눈의 무게에 나뭇가지가 휘어질 것만 같아요. 온 세상이 하얗게 되었어요. 눈이 부셔요. 사람들은 나를 만나러 오는 길이 조금 힘겨웠어도 그렇게 불평은 안 했을 거예요. 그렇게 환한 거리를 보며 화내거나 투덜댈 사람은 없을 테니까요. 그리고 내가 세상을 떠난 슬픔에 대해서도 잠시 잊을 수도 있었겠네요. 어, 심술이 고모가 왔어요. 고모가 내 영정 사진을 뚫어져라 바라보더니 무너지듯 주저앉아 울고 있어요. 아니 이토록 멋진 모습의 나를 보면서 우는 것은 안 되죠. 그 사진은 내가 중학교 3학년 때 모 기획사 관계자가 모델 제의를 해 왔을 때 찍은 사진이잖아요. 그때 심술이 고모는 내가 곧 연예인이라도 될 것처럼 들떠서 하늘색 남방과 스트라이프가 있는 갈색 재킷을 사주었어요.

"아니, 이렇게 잘생기고 멋진 놈이 어쩌다가……."

엄마는 심술이 고모의 오열을 들으며 이제 쓰러질 것만 같아요. 누가 우리 엄마 좀 어디로 데려가서 쉬게 해주세요. 엄마는 이제 울 힘도 없어서 훅 날아갈 지푸라기 같아요. 그래요, 나는 왜 엄마가 고모의 모습을 보고 더 서러워하는지 알아요. 그때 그 기획사 매니저인가 하는 사람이 다녀가고 심술이 고모까지 왔다 간 다음 엄마는 조용히 나를 부르셨어요. 엄마는 새삼스레 자신의 오른쪽 넓적다리를 손으로 치며 말했어요. "엄마가 얼마나 힘든지 알지? 이 다리로는 도저히 너를 쫓아다니며 뒷바라지해줄 수 없단다."

엄마의 말은 너무나 비장했어요. 사실 그 기획사 매니저의 제안은 뜻밖이었고 평소에 내가 연예인이 되는 것이 꿈이 아니었기 때문에 엄마의 말을 받아들이는 것이 어렵지 않았어요. 다시 기획사 매니저에게 연락이 왔을 때 나는 미련 없이 거절 의사를 밝혔어요. 그때 심술이 고모가 엄마를 똑바로 쳐다보면서 아이의 장래를 망쳤다며 심하게 나무랐죠. 사실 나도 조금의 아쉬움은 있었어요. 하지만 울 것처럼 말하는 엄마를 보며 초등학교 때 일이 떠올랐어요.

초등학교 3학년, 내가 전날 공들여 만든 행글라이더를 집에 두고 왔을 때 엄마는 그걸 들고 학교로 찾아왔어요. 아침 자습 시간, 담임선생님이 아직 오기 전이었어요. 나를 찾기 위해 교실 유리창 너머로 흘끗거리다가 엄마는 나와 눈이 마주치자 교실 문을 드르륵 열었어요. 그러곤 다리를 절룩거리며 내가 앉은 자리까지 왔어요. 열 발자국도 안 되는 그 거리를 엄마는 그날따라 더욱 심하게 다리를 절며 다가왔어요. 내가 먼저 엄마 앞으로 다가가 행글라이더를 받아들어도 되었을 텐데 왠지 모르게 내 자리에서 옴짝달싹할 수가 없었어요. 교실은 찬물을 끼얹은 것처럼 조용했어요. 아니 그것은 긴장한 나만의 느낌이었는지 몰라요. 우리 반 아이들의 시선이 모두 엄마에게로 향한 것처럼 느껴졌어요. 나는 반 아이들의 눈빛을 차마 마주할 수가 없어서 엄마가 내 앞으로 다가올 때까지 고개를 숙이고 있었어요. 엄마가 내 앞으로 다가오는 그 시간은 너무 길게 느껴졌어요. 얼마 뒤에 내 머리를 쓰다듬는 엄마의 손길이 느껴졌어요. 엄마의 목소리가 들렸어요. "어제 밤늦게까지 공들여 만들더니 웬일로 두고 갔니?" 그리고 엄마가 다시 교실을 나가기까지는 또 한참 걸렸어요. 나는 엄마를 쳐다보지 않았어요. 엄마의 저는 다리를 향해 있을 아이들의 시선을 보기가 싫었으니까요. 교실 문이 닫히는 소리가 들렸을 때 나는 고개를 들었어요. 그때 우리 반 어떤 녀석이 말했어요. "우석이 엄마, 얼굴은 예쁜데 절룩이네." 뒤이어 여기저기서 키득거리는 소리가 들렸지만 나는 모른 척했어요. 그때 구세주처럼 담임선생님이 들어오셨어요. 방과 후 운동장에서 행글라이더 대회가 있어서 내가 우리 반 대표로 나갔어요. 전날, 내가 행글라이더를 만드는 걸 지켜보면서 엄마는 내가 우리 반 대표로 나가는 것이 자랑스럽다고 말했어요. 그래서 내가 엄마가 학교에 오는 것을 싫어하는 것을 알면서도 행글라이더를 갖고 무거운 발걸음을 옮기면서 온 것이었어요. 그런 엄마의 마음을 헤아릴 수 없는 나이였기에 반 아이들은 그 후로 걸핏하면 나에게 절룩이라고 놀려댔어요. 그리고 나는 차마 엄마에게 해서는 안 될 말을 했지요. 다시는 학교에 찾아오지 말라고요. 엄마는 빙그레 웃으시면서 알았다고 말했지만 그때 나는 문득 엄마의 얼굴에 가득한 슬픔을 보고 말았어요. 그런 엄마였으니 내가 연예인이 되는 것을 막는 것은 당연했겠지요.

옆 영안실에서 찬송가 소리가 들립니다. '요단강 건너가 만나리…….' 내가 설아와 요단강 건너가 만났으면 좋겠다고 생각하는 순간 혀 꼬부라진 상필이 삼촌 소리가 들립니다.

"뭐가 좋다고 노랠 불러대는 거야. 망할 것들."

상필이 삼촌이 저러는 것도 이해가 갑니다. 내가 이 방에 들어오고 얼마 안 된 뒤에 옆방에 있는 설아 엄마가 내 딸 살려내라고 엄마와 아빠를 향해 악다구니를 하다가 갔으니까요. 나는 정말 슬펐답니다. 내가 좋아했던 설아의 부모님이 우리 부모님과 이렇게 난생처음 만나 싸움밖에 할 수 없다는 것이요. 그때 삼촌은 설아 엄마를 진정시키고 돌려보내느라 진을 빼고 거의 실신 지경에 이른 엄마까지 부축해야 했어요. 아빠는 구석에서 술만 마셔대니 실상 나설 사람은 삼촌밖에 없었던 거지요. 찬송 소리가 멈추고 기도를 하는지 얼마간 웅얼거리는 소리가 들리더니 설아의 방에서 일행들이 우르르 몰려나왔어요. 성경책을 끼고 있는 사람들은 교회에서 온 사람들 같았어요. 심술이 고모가 쪼르르 달려 나가더니 그중에 목사님인 듯한 사람을 붙잡고 들어왔어요. 그러곤 나의 영정 앞으로 앉게 하더니 기도를 해달라고 하는 것이 아니겠어요. 우리 엄마 아빠는 교회보다는 절을 더 많이 찾는 사람이 지만 심술이 고모의 그런 처사에 아무 말도 하지 않았어요. 내가 설아처럼 천국에 갔으면 하는 바람이 있었던 것일까요? 심술이 고모는 기도를 마치고 나가는 목사님 양복 윗주머니에 흰 봉투를 찔러 넣어주었어요. 목사님의 눈이 순간 반짝였던 것도 같아요.

내가 누워 있는 방의 맞은편 영안실 입구 쪽으로 거대한 화환들이 죽 들어섰습니다. 아마도 이 땅에 살 동안 행세깨나 했을 법한 양반이 돌아가신 모양입니다. 아니면 그 자녀들이 출세를 했든가요. 끊임없이 발걸음이 이어지고 웅성거리는 소리가 들립니다. 그쪽에 왔다 가는 사람 중에 가끔 내가 누워 있는 썰렁한 영안실을 힐끗 쳐다보고 지나가는 사람도 있습니다. 그러면서 한마디 던지기도 합니다. "그러면 그렇지. 부모 가슴에 못을 박았구먼." 이것은 내가 가장 가슴 아픈 대목 중 하나입니다. 아주 먼 얘기가 되겠지만 우리 부모님이 돌아가실 때는 나로 인하여 장례식이 축제 같았으면 좋겠다고 생각한 적이 있습니다.

모르는 두 남자가 나타났습니다. 분향소에서 흰 국화를 꽂고 향을 사르더니 빈 술병을 들었다 놨다 하는 아버지 곁으로 다가갔습니다. 아버지는 그들이 뭐라고 하자 그 술병을 들어 던지려고 했습니다. 또 어디선가 툭 튀어나온 상필이 삼촌이 끼어들어 아버지를 만류했습니다.

"아, 정말 아드님이 탄 오토바이가 달려오는데 순간이었다니까요. 피할 틈 같은 건 전혀 없었다고요." 그날 내가 탄 오토바이와 정면충돌

한 택시기사 아저씨가 말했습니다. "이렇게 된 건 정말 슬프지만 나도 억울한 건 마찬가지라고요." '그래요, 그 아저씨 말이 맞아요. 그 아저씨는 신호대로 직진을 했고 나는 이미 좌회전 신호가 바뀌었는데도 속도를 내며 있는 힘을 다해 돌았으니까요. 그때 나에겐 신호 같은 건 이미 없었고 곧장 앞만 보면서 달렸다고요.' 내 목소리가 퍼져 나갈 수만 있다면 아버지에 귀에 큰 소리로 외치고 싶었어요. 상필이 삼촌은 두 남자와 오래 있을수록 더욱 격해지기만 하는 아버지가 안 되겠다 싶었던지 두 남자를 데리고 밖으로 나갔습니다. 아마 어른들이 좋아하는 돈으로 협상을 하려고 할 겁니다. 택시 기사 아저씨에게는 미안한 일이기도 하지만 원만하게 해결되어 내가 엄마와 아빠에게 부담이 되는 일은 없었으면 좋겠다고 생각했어요. 죽은 마당에까지 부모님께 짐이 된다면 더욱 견딜 수 없는 일이 될 테니까요.

상필이 삼촌이 나간 것은 잘한 일입니다. 삼촌은 그런 일에 좀 능수능란한 편입니다. 부동산 중개사인 삼촌은 사람 마음을 엎치락뒤치락 뒤집는 일을 아주 잘합니다. 때로 사기꾼 같다고 비난하는 사람도 있는 것 같지만 그건 사람들이 잘나가는 삼촌을 시기 질투하여 하는 소리일 겁니다. 상필이 삼촌은 얌전하고 성실한 아빠와는 달리 신화 같은 일들을 많이 갖고 있습니다. 그건 내가 어렸을 때부터 고모들이나 할머니를 통해 수없이 들었습니다.

사촌 형은 나와 나이 차가 많은 편인데 그것은 상필이 삼촌이 결혼을 아주 일찍 했기 때문입니다. 삼촌은 지금도 가끔 숙모의 이름을 부릅니다. '삼순아' 하고. 삼촌이 군대를 갔다 와 직장 생활을 한 지 얼마 안 될 때였다고 합니다. 그때 아마 삼순이라는 이름을 가진 지금의 숙모를 만났던 것 같습니다. 그때 삼촌은 숙모의 촌스러우면서도 재미난 이름에 숙모에게 접근했는데 숙모는 삼촌과는 달리 무척 진지했던 것 같아요. 어느 날 숙모는 직장을 그만두고 시골에 내려갔대요. 삼촌은 그런가 보다 했는데 어느 날 그 삼순이 숙모가 아들을 떡하니 데리고 그때는 할머니와 아빠와 삼촌이 살고 있는 집에 나타난 거예요. 숙모가 상필이 삼촌보다 한 수 위였던 것이지요. 그땐 내가 태어나지도 않았을 때여요. 삼촌은 늘 숙모와 티격태격하며 사는데 엄마는 네 작은 집만큼 재미있게 사는 집도 없다고 하면서 늘 부러워하셨어요.

강촌 사건은 어떻고요. 여름휴가 때 삼촌이 숙모 몰래 친구들하고만 강촌에 놀러 갔대요. 너무 일찍 숙모를 만났으니 간혹 그러고도 싶었겠지요. 오랜만에 느낀 해방감에 기분이 너무 좋아 강촌에 도착하기기까지 줄곧 기차 연결 통로에 나와 있었대요. 친구에게 줄곧 "바람이 죽인다." 하면서요. 그런데 그렇게 두 팔을 벌리고 소리를 지르는 사이 그만 철로로 떨어진 것이에요. 기차가 섰다, 뉴스에 나왔다, 한 달 동안 일을 못했다, 그 후의 소문들은 무성했지만 그중에 하나 확실하게 남는 것이 있어요. 팔과 다리에 깁스를 하고 상필이 삼촌이 했다는 말. "그래도 나는 또 강촌에 가고 싶어." 나는 가끔 삼촌의 그 말이 어록처럼 떠올랐어요. 어느 때는 그 말이 나의 행동강령이 되기도 했지요. 삼촌이 그 뒤로 얼마나 더 강촌을 갔는지는 모르겠어요. 어쩌면 한 번도 안 갔을지 모르죠. 어른들은 살다 보면 그런 사정들이 생긴다니 말예요. 하지만 적어도 그 이유가 그곳에 가는 것이 겁나기 때문이 아닐 것이라는 것은 확실해요. 때로는 삼촌이 나설 때 안 나설 때 나서면서 허풍이 심하다고 하는데 조금도 나서지 않는 사람보다는 낫잖아요.

초등학교에 다닐 때인가요. 삼촌이 나와 내 동생 우경이를 데리고 한강에 놀러 간 적이 있어요. 나랑 우경이는 삼촌이 배 태워준다는 말에 신이 나 얼른 따라 나섰는데 그때 아마도 아빠와 삼촌이 티격태격 실랑이를 벌인 것이 기억나요. 아빠는 삼촌이 하는 일은 대부분 못 미더워했으니까 아마도 우리가 함께 따라 나서는 것을 말렸을 거예요. 한강에는 느리게 움직이는 유람선과 오리 배들이 떠 있었는데 우리는 삼촌이 직접 운전하는 모터보트를 탔어요. 얼마나 속도가 빠르던지 몸이 튀어오를 것 같아 죽을힘을 다해 손잡이를 끌어안았어요. 얼굴까지 물이 튀어 온몸이 젖고 무서움에 계속해서 소리를 질러대면서도 정말 신이 났습니다. 모터보트에 주유한 기름이 강의 물비린내와 섞여 속이 뒤집힐 것 같으면서도 묘한 쾌감에 가슴이 벌렁거렸습니다. 우경이와 내가 소리를 지를 때마다 삼촌 목소리가 시끄러운 모터보트 소리에 섞여 흩어졌습니다. "신나지? 꽉 잡어." 사실 소리가 파편처럼 흩어질 수도 있다는 것을 그때 처음 알았습니다. 모터보트가 선착장에 도착해서 멈추었을 때 우경이와 내 몰골은 정말 말이 아니었습니다. 옷이 홀딱 젖어 몸에 달라붙었고 입술은 새파래졌습니다. 그야말로 물에 빠진 생쥐 꼴이 되었습니다. 그리고 손잡이를 얼마나 꼭 쥐었던지 손바닥과

손가락 마디마디가 다 벗겨져 있었습니다. 삼촌이 그런 우리를 바라보며 빙그레 웃었습니다. "그래도 신나고 좋았지?" 우경이와 나는 고개를 끄덕였습니다. 삼촌은 배에서 내려 강변 매점에서 우리에게 콜라를 사주었습니다. 추워 떨면서도 콜라가 가슴을 뚫듯이 배 속을 내려갈 때 그 기분은 참 환했습니다. 매점에는 따뜻한 어묵 국물도 있었는데 대신 콜라를 사준 삼촌은 그 콜라 맛처럼 훤하고 멋있는 사람 같았습니다. 더구나 그 모터보트의 주인이 삼촌이라는 얘길 듣고 더 삼촌이 대단하게 느껴졌습니다. 나중에 그 모터보트의 가격을 알게 되었을 때는 그것이 삼촌의 능력과는 좀 어울리지 않아 한참 동안 의구심을 품기도 했습니다. 삼촌에 대한 비난의 출처가 그쯤이라는 것도 알게 되었습니다. "마누라는 하루 종일 치킨집에서 기름에 절도록 닭 튀기는데 서방은 틈만 나면 놀러 다닐 궁리나 하고 있으니." 그렇지만 그 비난의 수위가 아무리 높아져도 나의 삼촌에 대한 거의 맹목적인 신뢰는 꿈쩍도 하지 않았습니다.

더 이상 나를 찾아오는 사람은 없는 것 같습니다. 삼촌 내외와 고모, 그리고 점심때가 넘어 이모들이 찾아왔습니다. 막내 이모는 내 영정 사진을 보자마자 꺼이꺼이 울었습니다. 구석에 앉아 있는 엄마 손을 맞잡고 한참을 목 놓아 울었습니다. 엄마와 나이차가 많이 나는 막내 이모는 엄마와의 정이 각별했는데 그래서 슬픔이 더욱 크게 느껴지나 봅니다. 엄마 아빠는 아주 가까운 친지 외에는 연락을 하지 않은 것 같습니다. 그렇겠죠. 좋은 일도 아닌데 동네방네 떠들 필요는 없는 거죠. 나만 한 자식을 둔 사람들이 오면 엄마 아빠의 슬픔만 더욱 커질 것입니다. 간간이 상필이 삼촌과 심술이 고모가 멍하니 내 빈소 앞을 지키고 있는 사람들에게 음료수를 건네기도 하고 사람들을 식당 쪽으로 안내하여 식사를 권하기도 합니다.

얼마 뒤에 내 육체가 다 소멸되고 영혼이 되면 설아의 영혼과도 만날 수 있겠지만 지금 옆방에 누워 있는 설아의 얼굴을 한 번만이라도 봤으면 좋겠습니다. 마지막으로 설아가 내 허리를 꼭 껴안았을 때 느낀 그 체취만 남아 있습니다. 오토바이에 타기 전 조금이라도 더 마주 보았으면 좋았을 텐데요. 우리는 앞만 보고 달렸으니까요. 사실 설아를 집 앞에 내려줄 때 마주 보면서 말하려고 했어요. 그 새벽에 나를 만나러 온 설아 때문에 내가 얼마나 기뻤는지, 그리고 앞으로 내가 달라질 모습에 대해서, 특별해질 만남에 대해서 오로지 설아만을 마주 보며 얘기하려고 했던 거예요. 그러나 하늘은 지금까지 그랬던 것처럼 누구에게나 어질진 못한가 봐요. 다된 목전에서 모든 것이 산산이 부서질 수도 있으니까요.

전날 밤, 할머니와 같이 살고 있는 진구네 집에서 그동안 한 패를 이루고 있던 친구 대여섯 명이 만났어요. 마침 진구 할머니는 집을 나간 진구 아버지를 위해 정성을 들인다고 절에 가셨고요. 그날 나는 친구들에게 고백했습니다. 나는 이제 집으로 돌아갈 것이다, 3년간의 방황을 이제 접을 것이다, 검정고시를 봐서 대학에도 들어갈 것이다, 마치 새 학년이 되어 새 결심을 하는 아이처럼 흥분되어 말했습니다. 우리 패에는 5월이 되면 군대를 가는 또래보다 한 살 위인 재석이 형도 있었고 사업에 실패하여 잠적했던 아버지가 돌아온 찬영이도 있었습니다. 그들은 모두 지금까지 내색을 안 했지만 나와 같은 마음을 품었던 것 같습니다. 자장면 집에서 배달을 하는 준희, 민주는 아직 그런 생각을 해본 적이 없는 것 같지만 우리의 새로운 출발을 질시하거나 방해할 아이들은 아니었습니다.

내가 고백을 한 뒤로 방 분위기가 썰렁해지기는 했습니다. 원을 그리며 둘러앉은 가운데 소주병들이 좀처럼 줄어들지 않았습니다. 밤 열두 시가 되니 몇 시간 전에 자장면 배달을 하고 돌아와 지금쯤은 해롱거리다 곯아떨어져야 했을 준희가 말했어요. "우리 지금 나가서 마지막으로 멋진 군무를 추는 거야. 이 짓도 참 오랜만에 하는 것 아니니?" 모두들 아무 이의도 없다는 듯이 주섬주섬 자신의 장비를 챙기며 일어났습니다. 사실 우리 패가 모여 오토바이를 탄 지는 꽤 오래되었습니다. 6개월 전 우리 패 중에서도 오토바이광인 민주가 H상가 앞에 놓인 자기 것보다 훨씬 좋은 오토바이를 훔치려다가 잡혀 경찰서에 갔거든요. 다행히 심문조사 과정에서 민주의 솔직함이 돋보였고 오토바이 주인도 이해심이 있는 사람이라 바로 풀려나긴 했어요. 그래도 그때부터 우리까지 덩달아 요주의 인물이 되어 몸을 사릴 수밖에 없었던 거지요.

열두 시가 넘어 날이 바뀌면 D역 부근 도로는 한산해집니다. D역 앞에 정렬해 있던 택시들이 출발하여 사방으로 흩어지는 기척만이 밤의 활기를 띠게 합니다. 우리 패들은 처음에 시위라도 하듯 신도시의 종착역인 D역과 그 부근에 있는 종합운동장 부근 도로를 천천히 선회합니다. 대여섯 대의 오토바이가 뭉쳐 군무라도 추듯 유턴을 하며 돌기도 하고 4차선 도로를 꽉 차게 서서 달리기 대회라도 하듯 엎치락뒤치락 적당한 간격을 일부러 유지하며 달립니다. 이렇게 시내를 달릴 때는 마치 구경꾼을 의식하며 시가행진을 하는 것처럼 한 패가 오토바이를 일제히 옆으로 눕혔다가 일어나고 구령처럼 휘파람을 붑니다. 물론 경적을 울리기도 합니다. 우리 패들을 보고 늦은 밤거리를 배회하는 자들이 손짓을 하거나 자동차 운전자들이 창문을 내리고 욕을 하기도 하지만 그건 오히려 우리의 축제에 걸맞은 환호처럼 느껴집니다.

몇 분이 지나 우리 패 중 한 명의 긴 휘파람 소리가 들리면 우리는 곡예를 하듯 엎치락뒤치락 하던 오토바이를 곧추세웁니다. 어디선가 경찰 아저씨들이 떴다는 신호입니다. 우리는 곧추세운 오토바이를 타고 냅다 달립니다. 그다음 행선지는 이산포 IC로 나가 자유로로 진입하는 것입니다. 그때는 자신 고유의 속도를 맘껏 내며 한 패임을 의식하지 않습니다. 그래도 어느 지점에선가 우리는 만납니다. 우리 패들 삶의 모습이 많이 닮았듯이 우리가 거리에서 만나는 호흡의 길이는 일치할 때가 많습니다. 우리가 자유로에 진입했을 때는 경찰의 추적 같은 건 의식하지 않습니다. 그들은 우리의 속도를 결코 따라오지 못합니다. 우리들만의 세상이 되는 것입니다. 그 밤중에 여러 대의 자동차를 추월하면서 속도감을 즐깁니다. 그 순간만큼은 우리가 왕이 된 것 같습니다. 이 세상에서 미친놈들, 패배자들이라고 손가락질당하는 우리들이지만 그때는 승자가 된 듯합니다. 사람들은 순간의 삶에 탐닉하는 우리들을 보고 어리석다고 합니다. 그러나 우리는 한참 먼 미래까지 내다보면서 현실을 도사리는 그렇게 현명한 사람들이 못 됩니다. 그렇게 여유가 없다고요. 이 자유로가 끝이라고 할지라도 우리는 이 끝이 최선이라고 생각합니다. 우리는 더 이상 갈 수 없는 임진각까지 달려 다시 돌아 나옵니다. 더 이상 갈 수 없는 그 한계가 우리와 비슷해서 나쁘지 않습니다. 그리고 다시 돌아갈 수 있는 지점이기도 하니까 더욱.

우리가 다시 이산포 IC를 빠져나와 D역 부근에 있는 다세대 주택의 지하방인 진구네 집에 왔을 때는 새벽 두 시였습니다. 피곤한 준희와 민주는 곧 잠에 빠졌고 재석이 형과 찬영이는 그 밤의 환희가 아직 가시지 않은 듯 담배를 피우면서 남아 있는 소주병을 기울였습니다. 처음엔 멋들어져 보여 시작했던 이런 일들이 두 해 세 해 거듭되며 세상과 벌어지는 간격으로 느껴졌을 때는 불안으로 변하기 시작했습니다. 그리고 지금 이곳을 떠난다고 생각하니 오랫동안 익숙했던 그 밤의 행위들이 아쉽고 정겹게 느껴졌습니다.

설핏 잠이 들었나 봅니다. 문을 두드리는 소리에 잠이 깨었습니다. 잠결에 주섬주섬 구석에 있는 물병의 물을 따라 마시고 핸드폰의 시계를 봤을 때 여섯 시였습니다. 문 두드리는 소리가 꿈결 같기도 했지만 주섬주섬 일어나 현관문 쪽으로 나갔습니다. "누구세요." "나, 설아야.

문 좀 열어줘." 꿈속에서나 있을 대화였습니다. 이런 일은 있을 수 없었습니다. 설아가 이 새벽에 어떻게 나를 만나러 온단 말입니까? 눈을 비비고 다시 쳐다보았습니다. 이름처럼 얼굴이 하얀 설아가 웃으며 서 있었습니다. 옷깃을 여미며 말없이 바깥으로 나오라고 손짓했습니다. 새벽바람이 찬 것 같아 나는 안으로 들어오라고 손짓을 했습니다. 3년 만에 만나, 설아 같은 아이가 잘 이해하지 못할 이런 장소를 나는 아무 거리낌 없이 가리키고 있었습니다. 설아는 잠시 고개를 갸우뚱하더니 현관 안으로 들어왔습니다. "모두들 잠들었어. 들어와도 괜찮아." 나는 설아와 어제도 만났던 것처럼 허물없이 행동했습니다.

사실 설아에게는 그런 힘이 있었습니다. 그동안 설아가 그렇게 보고 싶어도 나는 찾아갈 수가 없었습니다. 설아가 다시는 나를 만나주지 않으면 어떡할까 하는 두려움이 더 컸던 것입니다. 그런데 이렇게 설아가 나를 먼저 찾아온 것입니다. 그것도 성숙하고 아름다운 숙녀가 되어서 말입니다. 다리가 길고 키가 큰 설아는 피겨스케이트 선수 김연아 같았습니다. 사실 설아는 자신의 꿈대로 모델이 되었습니다. 고등학교 때부터 케이블 TV 채널에도 나오고 우리 친구들 사이에선 제법 스타가 되어 있었습니다. 나도 딱 한 번 TV에서 설아를 본 적이 있었는데 화장을 하고 짧은 치마를 입은 설아가 낯설었지만 참 예쁘다고 생각했습니다. 그때 문득 내가 설아와 만나기 전 기획사의 모델 제의를 받았던 것이 떠올랐습니다. 그랬더라면 내가 설아와 헤어지지 않았을까요? 그리고 학교를 그만두고 그동안 방황을 하지 않았을까요? 그건 잘 모르겠지만 모든 것은 그냥 당연하고 어쩔 수 없었을 것이라는 생각이 듭니다. 하여튼 설아가 모델이 된 것은 참 다행입니다. 눈도 작고 얼굴도 못생긴 게 키만 크다고 놀리던 애들 코가 납작해졌을 것이고 지금쯤은 아빠 사업 때문에 지방에 내려가 있던 엄마와 함께 살고 있을지도 모르는 일입니다. 설아가 돈을 벌면 엄마가 돌아올 수 있을 것이라고 했습니다. 설아는 중학교 내내 할머니와 함께 지냈습니다. 설아의 집은 신도시와는 조금 떨어진 곳에 있어서 같이 영화를 보거나 바다에 갔다 늦어진 날은 택시를 타고 집에까지 바래다주었습니다. 내 용돈을 다 쏟아부었지만 그때 얼마나 뿌듯했는지 모릅니다. 엄마는 그런 기미를 눈치채고 내가 어른 흉내를 낸다고 야단을 치기도 했는데 나는 그럴수록 설아에게 대단한 존재가 되는 것 같아 으쓱해졌습니다.

설아는 매우 조용한 아이였습니다. 설아에게 모델의 꿈이 있다는 걸 알았을 때 무척 놀랍고 신기했습니다. 설아는 친한 친구가 없는 것처럼 보였습니다. 설아는 늘 혼자 조용조용 움직였지만 언제나 내 눈에 띄었습니다. 내겐 그 움직임이 무대 위의 동작처럼 느껴졌습니다. 설아 위에 걸쳐진 수많은 옷들이 보였습니다. 나는 마음속으로 갈채를 보냈습니다. 그날은 내게 어떻게 그런 용기가 생겼는지 모르겠습니다. 아침부터 잔뜩 흐렸다가 하교 무렵부터 비가 뿌리기 시작했습니다. 대부분의 아이들이 우산을 챙겨 오지 않았습니다. 그래도 다른 아이들은 엄마가 알아서 우산을 가져올 것이고 그렇지 않으면 전화를 해서 엄마를 불러낼 것입니다. 나는 다리가 불편한 엄마를 생각해서 어렸을 때부터 날이 조금만 흐려도 우산을 챙기는 것이 습관이 되었습니다. 창가에 앉은 설아는 그날 불안스레 창밖을 여러 차례 내다봤습니다. 그러더니 종례가 끝나자마자 누구보다 먼저 교실을 빠져나갔습니다. 나도 오로지 설아의 모습만을 쫓아 부지런히 교실을 나왔습니다. 교문 옆 느티나무 아래였습니다. 나는 설아에게 다가가 우산을 씌웠습니다. 설아는 갑자기 들이닥친 나를 보고 놀랐습니다. "같이 쓰고 가자. 내 우산은 두 사람이 써도 넉넉해." 나는 설아가 쌀쌀맞게 거절을 하거나 그냥 달아날까 봐 걱정이 되었는데 뜻밖에도 설아는 나를 보며 웃었습니다. 고맙다는 말을 하면서요. 그렇게 설아와 나의 첫 만남이 이루어진 것입니다.

설아는 그렇게 조용한 아이가 아니었습니다. 나를 만나면 종달새처럼 계속 종알댔습니다. 그 모습이 너무 귀여워서 안아주고 싶을 정도였습니다. 교실에서 과묵한 설아의 모습을 대하는 것이 무척 낯설었습니다. 방과 후엔 설아는 모델 학원에 가고 나 또한 영어 학원에 가야 하기 때문에 따로 만날 시간이 없었습니다. 학원에 가기 전 잠깐 만나는 시간은 그날 저녁 시간을 위한 충전의 시간이 되었습니다. 주말엔 설아와 영화를 보거나 놀이동산에 놀러갔습니다. 설아가 바다를 좋아해서 가끔은 강화나 인천에 있는 바다에 가기도 했습니다. 용돈을 받기 위해 엄마에게 자주 손을 벌리는 것이 좀 마음 쓰이긴 했지만 지금까지 누군가를 위해 무엇이든 해주고 싶다는 마음이 든 건 설아를 만나고 처음이었습니다. 손재주 많은 엄마가 틈틈이 바느질 일을 하는 것을 볼 때마다 가슴 한구석이 저려오기도 했습니다. 빨리 고등학생이 되고 싶었습니다. 대학 입시 때문에 고등학교 생활이 만만치 않다는 소리는 익히 들었지만 그래도 설아와 함께라면 문제가 되지 않을 것 같았습니다. 겨울방학이 빨리 되기를 바랐습니다. 방학식을 하는 날, 나는 교실의 멀리 떨어진 자리에서 설아에게 눈짓을 보냈습니다. 설아가 미소를 보냈습니다. 나는 마음속으로 몇 번이나 소리를 질렀습니다. 즐거운 비명이었습니다.

그날, 설아와 나는 학교 앞 정류장에서 인천공항까지 가는 공항버스를 탔습니다. 아침부터 자욱한 안개는 정오가 다 되도록 걷히지 않았습니다. 공항버스가 바다를 지나는 서해대교 부근은 안개가 더욱 짙었습니다. 다리 난간 때문에 바다는 보이지 않았고 안개에 묻힌 하늘이 바다 같았습니다. 나만 만나면 그토록 종알대던 설아가 그날따라 이상하게 안개가 자욱한 창밖만 바라보았습니다. 인천공항 부근에서 내려 을왕리 해수욕장에 가는 버스를 탔습니다. 거기는 설아와 내가 처음 만나 갔던 바다였습니다. 그때는 여름이었습니다. 이번에는 겨울 바다를 온 것입니다. 여름에는 사람들과 텐트, 파라솔 등으로 해변이 가득했는데 겨울에는 적막했습니다. 해변 주변에 있는 모텔이나 펜션 같은 집들도 꽁꽁 잠겨 있는 것처럼 보였습니다. 가끔 어른 커플들이 보이기도 했지만 그들은 음식점을 향해 차로 금세 사라졌습니다. 안개 때문에 맑을 때는 가깝게 보인다는 섬들도 희미했습니다. 설아와 나는 아무 말 없이 해변 이쪽과 저쪽 끝을 몇 번이나 왔다 갔다 했습니다. 설아는 나에게 무슨 말인가 하려고 작정한 사람 같았습니다. 그래서 내가 먼저 설아에게 말을 건네려고 했는데 왠지 두려웠습니다. 나는 엉뚱하게 "너 배고프지?" 하면서 길가로 죽 늘어서 있는 바지락 칼국숫집을 가리켰습니다. 설아는 몇 번 국수 가락만 건져 올리더니 젓가락을 놓았습니다. 지난번 설아와 처음 왔을 때는 날씨가 그렇게 더운데도 그 뜨거운 칼국수가 맛있더니 이번에는 아무 맛이 느껴지지 않았습니다.

시간이 느리게 갔습니다. 짧아진 해로, 노을 지는 저녁이 빨리 왔습니다. 붉게 푸르게 검게 변하는 노을을 보며 설아는 무슨 말을 삼키는 듯했습니다. 오던 길로 또 같은 행로를 거듭하면서도 설아는 아무 말도 하지 않았습니다. 공항버스가 신도시의 D역에 도착했을 때 나는 설아를 바래다주기 위해 택시를 잡으려고 했습니다. 그런데 그런 나를 설아가 만류하면서 좀 멀지만 걷자고 했습니다. 설아는 끝내 내가 듣고 싶지 않은 말을 하려고 하는 것입니다. "우석아, 지금까지 너만큼 좋은 친구는 없었어. 그런데 이제 우리 그만 만나야 할 것 같아. 우리 길이 너무 다르잖아. 그냥 그래야 할 것 같아. 안 만나도 나는 네 생각 많이 할 거야. 네가 잘되길 정말 바래." 설아는 마치 연습이라도 한 듯 일사천리로 자기가 할 말을 다 해버렸습니다. 그때 나는 더 구체적으로 왜 그러냐고 따져 물었어야 했고 강력하게 안 된다고 말했어야 하는 것입니다. 그런데 설아의 집에 다 도착하도록 나는 아무 말도 하지 못했습니다. 설아가 집에 들어가는 것을 보고 고스란히 그 길을 다시 걸어 집에 돌아왔습니다. 그런 일은 일어나지 않은 것 같았습니다. 꿈결처럼 생각되었습니다.

나는 중학교 때까지 공부도 잘하고 남들이 착하다고 말하는 모범생이었습니다. 얼굴도 잘생긴 애가 어쩜 저렇게 순진하고 공부까지 잘하냐고 사람들은 입이 마르게 칭찬했습니다. 아마도 내가 고등학생이 되어 전혀 다른 모습의 학생이 되었을 때는 적잖은 사람들이 놀랐던 것 같습니다. 길을 가던 엄마가 귀걸이뿐만 아니라 입술과 코 밑에 피어싱을 한 나를 보고 다른 아이라고 생각했던 것처럼 말이에요. 왜 그랬냐고요? 글쎄요. 그냥 달라지고 싶었어요. 학생들의 머리와 복장과 생활 일거수일투족을 간섭하는, 그리고 그 속에서 천편일률적인 학생을 만드는 학교에 숨이 막힐 것 같았습니다. 오로지 대학이라는 목표 때문에 밤늦게까지 학원이나 독서실에서 불을 밝히게 하는 학교를 난 견디지 못했습니다. 선생님과 부모님은 그건 이 나라 수많은 학생이 다 겪는 것인데 웬 엄살이냐고 혀를 차기도 했습니다. 어느 날부터 아침에 지각을 하고 어떨 땐 학교를 가지 못하면서 그렇게 나의 학교 생활은 구멍이 나기 시작했어요. 아버지는 술을 마시고 들어와 나에 대한 실망을 쏟아놓았습니다. 엄마는 일도 손에 잡히지 않고 잠도 잘 수 없다고 했습니다. 나에게 말을 하다 보면 설움에 복받쳐 애원을 하면서 울기도 했습니다. 예민한 엄마는 내가 그러는 것이 설아 탓이라고 생각하여 나 몰래 설아를 수소문하기도 했습니다. 그때는 내가 왜 그랬는지 나 자신조차 몰랐습니다.

2학기가 되어 9월에 잠시 학교를 나가긴 했지만 그 구멍은 메우기가 힘들었어요. 나는 학교에 가는 대신 아침에 무작정 집을 나와 걸었어요. 아이들은 죄다 학교 안으로 들어가고 거리는 한가하고 조용해서 그 적막이 무섭기도 했지만 다시 학교 안으로 들어가고 싶진 않았어요. 아침에 호수공원에 갔습니다. 나 같은 학생은 거의 없고 아이들을 학교에 보낸 엄마 또래의 아줌마들이 운동복 차림으로 산책로를 걷고 있었습니다. 있는 것은 시간밖에 없을 것 같은 나른한 표정의 노인들도 있었습니다. 나는 그 아침의 고요함과 한가로움이 좋았습니다. 지금까지 한번도 갖지 못했던 평화로움이었습니다. 그 시간에 가끔 초등학교 아이들이 생태 체험을 하러 호수에 오거나 중고생들이 봉사 활동을 하려고 오면 곤란했는데 자주 있는 일은 아니었습니다.

호수에 있는 것도 지치면 편의점에서 컵라면이나 삼각김밥으로 간단히 요기를 한 다음 PC방에 갑니다. 게임 몇 개를 하고 나면 금세 하교 시간이 됩니다. 때로는 알바를 마친 나 같은 아이들이 그곳에 어슬렁어슬렁 나타납니다. 바깥 세상에 나 같은 아이가 혼자만 있는 것은 아닙니다. 나는 그곳에서 이미 나와 비슷한 처지가 된 진구와 민주, 준희를 만났습니다. 그들은 나와 마찬가지로 학교를 다니지 않았지만 무슨 일이든지 하고 있었습니다. 진구는 주유소에서 알바를 하고 준희와 민주는 중국집에서 배달을 하고 있었습니다. 그들은 나에게 담배와 술을 권했습니다. 처음엔 몸이 받아들이질 않아 이런 걸 왜 할까 하는 생각이 들었지만 곧 나는 그것에 익숙하게 되었습니다. 그것들은 묘한 중독성이 있었습니다. 그 순간만큼은 평안과 묘한 쾌감을 느낄 수 있었습니다. 일을 마치고 돌아온 진구나 준희, 민주를 만나면 피로를 푼다고 찜질방에 가기도 했습니다. 아니 그곳은 그 친구들에게 편하지 않은 집을 대신하는 것이었습니다. 진구는 할머니하고만 살고 있어서 그 집 또한 자주 숙소가 되었습니다. 이렇게 저렇게 나는 집에 들어가는 일이 드물게 되었습니다.

준희의 소개로 중국집에서 배달 일을 하고부터는 아예 몇 달을 집에 들어가지 않았습니다. 주방에 딸린 쪽방에서 자면 되었습니다. 음식 재료와 주방장 아저씨의 옷가지가 너저분하게 널려 있어도 그 방은 편안했습니다. 어쩌다 집에 들어가면 엄마는 나를 보며 눈이 짓무르도록 울었습니다. 어쩌다 아빠를 마주치기도 했지만 언젠가, 아빠와 아들이 결투처럼 붙은 이상한 모양새가 된 날부터는 아예 아빠가 있을 법한 시간은 피했습니다. 엄마도 그것만은 바라는 눈치였습니다. 어느 날, 엄마가 다른 날과 다르게 더 심각하게 말했습니다. "너, 이제 수업일수가 모자라 졸업하기가 힘들대." 그것은 그때라도 빨리 집으로 돌아오라는 엄마의 간접적인 표현이었지만 나는 모른 체했습니다. 나는 자퇴하기로 했습니다. 그다음부터는 집에 들어가는 횟수가 더 줄었습니다. 집에서도 엄마나 동생 우경이가 가끔 문자메시지를 보내서 나의 안부를 확인하고는 더 이상 집에 들어오라고 강요하지 않았습니다. 포기를 하면 오히려 편안해진다는 그 말이 떠올랐습니다. 엄마는 이제 나를 포기하신 것일까요? 특별히 미래에 대한 열망이 전혀 없으면서도 또 그런 부모님이나 동생을 생각하면 서운하기도 했습니다.

이것은 아니었습니다. 내가 집으로 돌아가 늦었지만 다시 내 생활을 돌이켜도 좋았고, 아니 나는 영영 집으로 돌아가지 못해도 좋았습니다. 그러나 설아와 함께 영원으로 가는 길목에 이렇게 같이 누워 있는 것은 아니었습니다. 이승에서 나는 설아를 더 지켜봐야 하고 응원해야 했습니다. 아니, 내가 그렇게 못 하면 설아는 다른 사람에게라도 갈채를 받아야 하는 것입니다. 그래서 설아는 이 자리에 없어야 했습니다,

진구 할머니가 오셨습니다. 진구 할머니는 내 영정을 쓰다듬고 또 쓰다듬으면서 마치 자신의 손자가 죽은 것처럼 통곡을 하십니다. '할머니, 울지 마세요. 오히려 엎드려 할머니께 울면서 사죄할 사람은 저잖아요. 버릇없게 아무 때나 불쑥불쑥 집에 들어가 할머니 존재 같은 건 무시했던 저였잖아요. 그런데도 할머니는 그때마다 "아야, 이즉까지 밥은 먹어쓰까?" 하면서 라면이라도 끓여 내오셨잖아요. 관절염으로 아픈 다리를 질질 끌면서요. 할머니에게 고맙다는 인사는 몇 번이나 했을까요? 그런 할머니를 보면 저희 엄마가 떠올라서 미칠 것 같았어요. 본인의 수모나 비루함 같은 건 생각지도 않으면서 남만 걱정하고 생각하는 것 말이에요. 그래서 곱지 않게 할머니를 흘겨본 적도 있었습니다. 그러면서도 할머니와 내가 정이 들었던 것일까요? 할머니는 이제 울기도 지쳐 휑한 눈으로 허공을 바라보며 앉아 있는 엄마 곁으로 가시는군요. 하염없이 엄마의 손을 감싸면서 "어쩌쓰까?"를 반복하시는군요. 짧은 그 말 속에는 얼마나 많은 사랑과 염원이 들어 있을까

요? 엄마는 자신과는 아무런 연고도 없는 할머니 품에 얼굴을 묻습니다. 그래요. 우리 엄마도 위로받을 사람이 필요합니다. 내가 엄마를 그리워했듯이, 우리 엄마도 엄마 같은 할머니가 필요한 것입니다.

재석이 형을 위시하여 찬영이와 진구, 민주, 준희는 검은색 정장을 입고 영안실 입구에서 두 명씩 짝을 이루어 마치 나를 호위하는 경호원처럼 서 있습니다. 그 모습이 멋지긴 한데 그네들이 그렇게 서 있는 것이 지금이 아닌 다른 때였으면 좋을 뻔했습니다. 졸업식장이나 결혼식장 같은데 더 어울렸을 텐데요.

엄마가 내가 지내고 있는 진구네로 찾아왔어요. 그러니까 우리들이 오토바이 축제를 벌이던 전날 밤이죠. 그날은 배달이 다른 날보다 빨리 끝나 일찍 돌아와 있었어요. 진구 할머니가 질색을 하시지만 쥐포를 안주 삼아 소주병을 기울이고 있던 참이었어요. 비가 곧 내릴 듯 하늘도 잔뜩 흐려 있었고요. 조금 취해 있었어요. 그때 문 두드리는 소리가 들렸고요. 진구 할머니가 아픈 다리를 끌면서 문을 열러 나가셨어요. 그리고 곧 이어 할머니보다 다리를 더 절룩거리는 엄마가 방으로 들어왔어요. 진구는 소주병과 방에 널브러진 것을 주섬주섬 챙겨 나가고요. 엄마는 나를 보자마자 내 어깨를 감싸 안고 주저앉았습니다. 나는 약간 술기운에 취해 엄마를 껴안고 펑펑 울었습니다.

한참을 그렇게 있었습니다. 그 적막을 뚫고 엄마가 말했습니다. "우석아, 집으로 돌아와." 아주 오랜만에 그 말이 그렇게 다정하게 들릴 수가 없었습니다. 그 말이 자주 나누던 일상적인 대화인 것처럼 나는 대답했습니다. "내일 아침에 갈게요." 엄마는 내 어깨를 두드리면서 한참을 또 그렇게 있었습니다. 엄마가 진구네 반지하 계단을 절룩거리며 올라가는 모습도 그날은 성큼성큼 걷는 것처럼 보였습니다. 다음 날 아침, 엄마는 설아에게도 찾아갔던 것입니다. 엄마는 내가 설아와 함께 집으로 돌아왔으면 좋겠다고 생각했나 봅니다. 설아의 방에서 또 찬송 소리가 들립니다. 그 속에는 나에게 보내는 설아의 속삭임도 섞여 있는 듯합니다. 괜찮다고, 슬퍼하지 말라고.

엄마, 이젠 울지 말아요. 엄마에게 돌아왔잖아요. 그날 밤, 엄마가 찾아와서 얼마나 좋았는지 몰라요. 사실은 많이 집에 가고 싶었어요. 그리고 엄마에게 많이 미안했지만 엄마가 오기를 얼마나 기다렸는지 몰라요. 이렇게 다시 못 볼 줄 알았더라면 그날 엄마 품에 안겨 사랑한다고 한마디라도 했어야 됐는데요. 엄마 덕분에 다음 날 설아까지 만날 수 있었으니 그렇게까지 내가 불행한 놈은 아니에요. 설아가 오토바이 뒷자리에서 내 허리를 꼭 잡았을 때 나는 마치 하늘을 날아갈 듯한 기분이었어요. 설아와 함께 엄마에게 빨리 가고 싶은 마음에 속력을 낸 것은 잘못이었지만 엄마, 그 마음만 기억해주세요.

달리는데 멀리 산 위로 해가 떠오르고 있었어요. 설아가 나를 꼭 붙잡고 있었고 엄마에게 간다는 사실에 얼마나 가슴 벅찼는지 몰라요. 내 삶은 가장 찬란한 순간 속에 있었던 거예요. 그 눈부신 새벽에.

그녀가 무심천으로 간 까닭은

고속터미널은 오랜만이었다. 지하철을 타고 다니며 수없이 그곳을 지나쳤지만 정작 내가 갈 곳이라고는 생각하지 못했다. 터미널로 가는 통로에는 현대화된 시설의 음식점과 커피 전문점이 즐비하게 늘어서 있었다. 옛날 소설에나 등장할 법한 애잔한 정을 느끼게 하는 추레한 터미널의 모습은 없었다. 대합실은 쾌적하고 깨끗하여 마치 공항 터미널에라도 온 것 같았다. 나는 커피를 사 들고 잠깐 동안 혼자서의 여유를 즐겼다.

초등학교 동창인 태희를 다시 만난 것은 2년 전 동창밴드에서였다. 수십 년 만에 옛 친구를 만난다는 것은 놀라웠다. 청주에 사는 그녀는 3개월에 한 번씩 있는 정모뿐만 아니라 별별 구실을 붙여 만들어지는 번개에도 참석을 하러 수시로 서울에 올라왔다. 초등학교 동창들은 그런 그녀가 대단하다며 칭찬을 했다. 특히 남자 동창들은 그녀에게 아주 호의적이었다. 그녀가 서울과 청주의 중간 지점인 수원에서 번개 모임을 주동했을 때도 여자보다는 남자 동창들이 더 많이 왔다. 고운 피부임에도 터프한 소년 같은 이미지를 갖고 있는 그녀는 남자 동창들이 스스럼없이 다가가기에 편하다고 했다. 때로 그녀가 노래방에 가면 마이크를 놓을 줄 모른다든지 남자 동창들에게 눈웃음을 흘린다든지 하는 뒷담화가 있기도 했지만 그것은 어느 모임에서나 있을 수 있는 일이었다.

그녀의 진면목이 절정에 이른 것은 어떻게 하다 보니 남자와 여자의 비율이 동일해져 떠나게 된 1박 2일 부산 여행이었다. 사당역 부근에서 만난 동창들은 마치 수학여행이라도 떠나는 것처럼 알록달록한 패션으로 치장을 하고 조잘대고 있었다. 정원을 꽉 채운 승합차는 청주에 들러 그녀를 태우고 가기로 했다. 청주 IC를 막 벗어난 길가에 오른쪽 팔목에 깁스를 한 그녀가 서 있었다. 일행들은 모두 소리를 지르며 어찌 된 일인지 들쑥날쑥 물어댔다. 마트 냉동고에서 생선 꺼내다가 미끄러졌어. 그녀는 이미 자신이 마트 판매사원이고 생선코너의 판매왕이라는 것도 밝힌 바 있었다. 그 시원스런 발언은 동창들을 더욱 그녀에게 다가가게 했다. 일행은 길가의 간이 휴게소 같은 가게 앞에 차를 세우고 화장실도 들르고 잠시 쉬어 가자고 했다. 가게 옆의 급조해 만들어놓은 듯한 화장실은 문이 잠겨 있었다. 가게로 들어가 화장실 좀 쓰자고 했더니 막 잠에서 깬 듯한 얼굴을 하고 있던 주인여자는 못마땅한 표정으로 말했다. 뭐라도 사야 하는데……. 동창 A가 못마땅

한 얼굴로 유리 진열장 안에서 캔 커피를 꺼내 내밀자 주인여자는 그제
야 화장실 열쇠를 내놓았다. A가 화장실로 들어가자 일행들은 우르르
그 앞으로 달려갔다. 어느새 가게 밖으로 나온 주인여자가 화장실에서
나온 A가 들고 있던 열쇠를 빼앗으며 말했다. 물건을 안 사면 화장실
사용이 곤란한데……. 담배를 피우면서 모여 있던 남자 동창들도 무슨
일인가 싶어 다가왔다. 부당하게 느끼면서도 어쩔 수 없어 하며 우물
쭈물하는 일행 속으로 대뜸 그녀 목소리가 돌진해왔다. 아니, 내가 이
일행들 오기 전에 여기서 먹은 우동이랑 커피 모르세요? 아니, 그건 차
치하고 소변 급하다고 하는데 돈을 따져요? 무슨 이런 경우가 있어?
그녀는 정말 화가 난 것처럼 눈을 부라리며 호통치듯이 말했다. 주인
여자는 슬그머니 가게 안으로 들어갔다. 일행은 자신이 하고 싶은 말
을 그녀가 해준 데에 시원함을 느끼며 다투듯이 화장실 앞으로 가 줄섰
다. 차에 다시 오른 일행들은 한참 동안 그녀의 호통을 영웅담처럼 얘
기했다.

　다음 날 리조트 숙소에서 나는 오른팔 깁스를 해 손을 못 쓰는 그녀
의 머리를 감겨주었다. 샴푸를 하며 그녀의 머리를 그러쥘 때마다 나
도 모르게 소름이 돋았다. 달맞이길 산책에서도 우르르 몰려 들어간
카페에서 시원한 아이스커피를 마시면서도 그녀는 왼손으로 머릿결을
만지면서 다른 친구들에게 내가 그녀의 머리를 감겨준 것을 자랑스럽
게 말했다.

　내가 그녀의 머리를 감겨준 것이 어떤 시동이 되었을까, 그녀는 나

에게 바짝 다가왔다. 부산 여행에서 돌아온 후 2주쯤 지났을 때 그녀는 대학로에서 공연하는 뮤지컬 연극 〈김종욱 찾기〉를 예매해놓고 나에게 연락했다. 연극의 주인공은 운명적인 첫사랑을 애타게 찾다가 막상 만났을 때는 피해버렸다. 추억으로만 간직하기 위해. 나는 그날 연극을 보고 난 후 그녀와 밥을 먹으면서 내내 나레이터의 그 대사를 생각했다.

내가 무심코 청주에 가고 싶다는 말을 했을 때 그녀는 뜻밖이라는 듯이 놀라워했다. 그때는 겨울이었고 꽃 피는 봄에 오는 게 좋겠다고 했다.

수요일 오전의 우등 고속버스는 빈자리가 많았다. 좌석은 널찍했고 운전석 앞 모니터에는 출발과 도착 시간이 표시되었다. 한 시간 반 뒤에는 청주에 도착할 것이었다. 비행기에 탑승한 것처럼 안락했다. 드문드문 앉아 있는 사람들은 거의가 혼자였다. 대부분 눈을 감고 있었다. 청주는 처음이었다. 청주로 시집간 사촌 언니가 있었다. 사촌 언니의 남편은 군인이었는데 파란 사과를 좋아한다고 했다. 초등학생이었던 나는 빨간 사과를 좋아하지 않는 사촌 언니 남편이 이상했지만 그런 것을 물어볼 만큼 자랐을 때는 청주는 너무 멀리 있었다. 백목련 같은 이미지의 사촌 언니와 청주가 잘 어울린다는 생각을 했다. 중고등학교 지리 시간에 문화와 교육의 도시인 청주에 대해서 배울 때는 시집가기 전의 맑고 단정한 사촌 언니가 떠올랐다. 언젠가 집안 행사가 있을 때 사촌 언니를 만났는데 계속 청주에 사느냐고 물어보지 못했다. 내가 고작 청주 근처라도 가본 건 20대 때 과 동기들과 갔던 속리산이 전부였다.

태희는 요즘 잘나가는 미인 탤런트와 동명이라는 것만으로도 초등학교 동창들 사이에서 인기가 있었고 평범하지 않은 그녀의 삶의 행보는 더욱 그랬다. 그녀는 일본에서 살다가 10년 전에 한국에 다시 왔다. 그것을 증명이라도 하듯 노래방에 가면 가끔 일본 노래를 부르기도 했다. 남편이 일본 사람이라는 건 더 놀라웠다. 아들은 일본 계열 회사에 다닌다고 했다. 그 말을 들었을 때 오랫동안 잊고 있었던 것이 떠올랐다. 태희 엄마, 사람들은 그녀 엄마가 일본 사람이라고 했다. 그녀는 아니라고 했지만 나는 그녀 엄마의 짙은 화장을 한 가부키 같은 얼굴을 보며 그럴지도 모른다고 생각했다. 담배 피우는 모습을 볼 때부터 우리나라 사람 같지가 않았다.

그녀에게 메시지가 왔다. 터미널로 마중 나온다고 했다. 고속버스는 제시간에 도착했다. 청주 고속터미널은 서울과는 다르게 어떤 여유가 느껴졌다. 터미널은 한산했다. 대합실 한구석에 아직도 트리 장식이 철거되지 않은 채 놓여 있었다. 모자와 머플러를 한 스티로폼 눈사람이 외로워 보였다. 포토 존도 있었는데 철 지나 찾는 사람이 없는 그곳은 먼지가 쌓여 있었다.

그녀가 함박웃음을 짓고 한 손을 번쩍 들면서 나타났다. 그녀는 4월인데도 긴 부츠를 신고 깁스를 한 팔 위로 알록달록한 색깔의 망토를 걸치고 있었다. 몇 개월째 깁스한 그녀의 팔은 원래부터 그랬던 것처럼 자연스러웠다. 나는 웃음이 나왔다. 그녀가 초등학교 때 입었던 망토 옷과 베레모가 떠올랐다.

그녀는 신나서 포토존에 서서 포즈를 취했다. 애들처럼 두 손가락을 치켜들며 V자 표시를 했다. 깁스를 한 팔 때문에 부상을 입고 전장에서 돌아온 군인과도 같았다. 그녀의 치렁치렁한 망토가 빛바랜 크리스마스트리 장식과 잘 어울렸다. 그녀는 언제나 그랬다. 늘 돋보였고 사람들에게 둘러싸여 있었다. 그녀는 안 좋은 상황도 빛나게 하는 재주가 있었다. 초등 밴드에서 그녀의 이름을 발견했을 때 반가움과 두려움의 감정을 함께 느꼈다. 깊이 가라앉았던 것이 수십 년 만에 수면으로 떠오르고 있었다.

태희는 어렸을 때부터 눈에 띄었다. 그녀 엄마는 동네 시장 골목에서 의상실을 했다. 기성복이 활개를 치기 전이었다. 주변엔 제조업 공장들이 많이 있었다. 돈 있는 사람들 말고도 그곳에 다니는 멋쟁이 아가씨들은 특별한 날이 되면 옷을 맞춰 입었다. 남다른 옷차림을 해서 주목을 받는 그녀가 부러웠다. 그녀는 공부를 잘했다. 반장도 도맡아 했다. 엄마의 치맛바람이라는 소문도 있었다. 그것 말고도 그녀에게는 부러워할 것이 많았다. 어느 날 그녀네 집에 놀러 갔다. 왠지 모르겠지만 나만 혼자 초대되었다. 나는 우쭐한 기분이었다. 그날 의상실을 하는 그녀의 엄마가 집에 있었다. 그녀의 집엔 우리 집에 없는 소파가 있었고 그녀의 엄마가 거기에서 다리를 꼬고 앉아 담배를 피우고 있었다. 그 광경은 초등학생인 나에겐 충격이었다. 나는 내가 나쁜 짓을 하다가 들킨 것처럼 겁이 나면서도 그때 그녀 엄마는 무척 신비하고 멋스럽게 보였다. 성인이 되어 프랑스 영화 속 여주인공을 봤을 때 그때 본 그녀 엄마의 이미지가 오버랩되기도 했다.

그녀는 자신의 동네에 있는 한정식 집으로 나를 안내하겠다며 택시를 잡았다. 택시에 타고서도 그녀는 한시도 쉬지 않고 말을 했다. 그녀는 그동안 서울을 드나들며 초중고 동창들을 만났던 얘기를 했다. 그 주동자는 주로 그녀였다. 백미러 속으로 미묘한 표정을 지으며 웃고 있는 기사의 모습이 보였다. 나는 아련한 어떤 기시감에 사로잡혔다.

3년 내리 같은 반이던 그녀와 나는 6학년이 되어 갈라졌다. 그동안 나는 그녀 집에 자주 놀러 갔다. 일본 사람이라는 그녀 엄마는 의상실에 있을 때가 더 많아서 가끔 볼 수 있었다. 그녀 엄마는 우리 엄마나 다른 엄마들처럼 짧은 파마머리가 아닌 긴 머리였고 담배 피우는 모습조차 멋있었다. 또한 외제 초콜릿과 코코아 음료를 맛볼 수도 있었다. 그녀 집에 가면 잠시라도 우리 집의 가난을 잊고 다른 사람이 되는 것 같아 기분이 좋았다. 그녀는 내가 하지 못하는 과외를 하고 있었다. 그런데 어디서 누구와 한다는 말은 절대로 하지 않았다. 나는 섭섭했지만 어쩔 수 없었다. 나는 열심히 공부했지만 그녀를 따라잡지 못했다. 그것은 그녀가 과외를 한 탓이라고 생각했다. 그래도 그녀를 미워하진 않았다. 그녀는 나에게 다른 세계를 엿보게 해준 고마운 존재였다.

6학년이 되어서는 그녀와 소원해졌다. 그녀는 그 반의 미주라는 아이와 늘 붙어 다녔다. 오랜만에 하굣길에 그녀를 만났을 때 그녀는 자신이 그 반 담임에게 과외를 하고 있느라 바쁘다고 말했다. 내가 묻지도 않은 말을 하는 것은 나랑 놀지 않는 데 대한 변명이라고 생각했다. 그 반 담임은 눈이 치켜 올라가고 무섭기로 소문난 노처녀였다. 시험도 자주 보던 시절이었다. 중간고사가 끝나던 날 하굣길에 나는 같이 가던 친구에게 비밀스럽게 그녀가 과외를 하고 있다고 말했다. 그 말은 발이 달려 얼마 후에 그녀 담임 귀에도 들어갔다. 그동안 그 말은 담임이 그녀 점수까지 고쳐준 것으로 부풀어 있었다. 월요일 애국조회를 마치고 들어간 1교시 수업 시간이었다. 옆 반인 그녀 담임이 나를 불렀다. 나는 무슨 심부름이라도 시키는가 싶어 얼른 달려갔다. 그녀 담임은 나를 보자 다짜고짜 따귀를 올려 붙였다. 얼굴에서 불이 났다. 곧이어 수십 명의 시선이 달라붙고 째지는 그녀 담임의 소리가 들렸다.

"어디서 알지도 못하고 말을 옮기고 다녀?"

내가 변명할 틈도 주지 않고 그녀 담임은 독이 오른 뱀이 되어 사정없이 나에게 엉겨붙었다. 발길로 차고 손으로 밀어냈다. 내가 쓰러지자 다시 일으켜 세웠다. 분이 풀릴 때까지 그랬다. 교실은 찬물을 끼얹은 듯 정적 속에 얼어붙었다. 모든 배경이 다 지워진 채 창가 쪽으로 고개를 돌리고 있는 태희의 모습만이 내 눈에 들어왔다. 나는 아무런 저항도 할 수 없었다. 그땐 그런 시절이었다. 아무 생각도 나지 않았다. 어렸지만 극도의 수치심과 증오로 그대로 산화되어버렸으면 좋겠다고 생각했다. 그날 이후로 나는 나의 초등학교 시절과 그녀를 내 머릿속에서 지웠다. 그러나 수십 년이 지나도록 그 기억은 지워지지 않고 문득문득 더 선명하게 떠올랐다. 초등 밴드에서 그녀 이름을 발견했을 때 제일 먼저 그 기억이 떠올랐다. 왜 그런지 모르지만 그녀가 보고 싶기도 했다. 그 감정의 색깔은 혼탁했다. 그녀와 나 사이에 커다란 돌덩이가 다시 놓이고 있었다.

"너, 어렸을 적엔 누가 말 한마디만 시켜도 얼굴이 빨개지곤 했는데……."

그녀는 현재의 나의 모습이 뜻밖이라는 것인지, 아님 내가 그때의 모습이면 좋겠다는 것인지 애매모호하게 말끝을 흐렸다.

한정식집은 평일 점심인 데도 빈자리 없이 꽉 차 있었다. 그녀는 자리에 앉아서도 음식이 날라져 올 때마다 맛을 평가하며 칭찬했다. 그녀는 가만히 음식에 수저질만 하고 있는 나를 의식해서인지 침묵의 공간을 메우려고 계속 말을 했다. 그 흐름을 멈추게 하기 위해서는 내가 어떤 말이든지 던져야 했다.

"중학교 때 입이 터졌어. 웅변을 했거든. 내 인생의 전환점이 되었지."

그녀는 고개를 끄덕였다. 그녀의 궁금증을 멈추게 할 수 있는 가장 적절한 이유였다.

태희와 나는 다른 중학교를 배정받았다. 그녀를 떠나 온전히 내가 될 수 있는 시간이었다. 그 무렵 나의 아버지는 겨우 가난을 면할 수 있도록 플라스틱 공장의 수위로 들어갔고 엄마는 집에서도 살림에 보탤

부업을 쉬지 않고 했다. 형제들도 그런 부모님의 모습을 보면서 열심히 공부하며 자신의 자리를 지켰다. 나야말로 웅변으로 입이 트이면서 맘 가득히 눌려 있는 것들을 분출시켰다. 6학년 때 그 일 후로 한동안 나는 마음속에 있는 것들을 밖으로 표현하는 것이 어려웠다. 상대방이 뭘 물어봐도 내가 이렇게 대답을 하면 그 사람이 어떻게 받아들일지부터 생각했고 마음속으로만 이렇게 저렇게 내가 할 말을 중얼거렸다. 끝내는 말을 못 해서 상대방을 도망가게 하고 좋은 기회들을 다 놓쳐버렸다. 나는 더 조용하고 눈에 띄지 않는 아이가 되었다. 중학교 3학년 때 국어 선생님은 책 읽기를 자주 시켰다. 말은 못 했지만 읽기는 부담이 없었다. 국어 선생님은 나에게 말했다. 너는 목소리도 좋고 힘이 있어. 웅변을 하면 좋겠다. 그 말은 내 삶의 전환기가 됐다. 나는 바로 웅변반에 들어갔고 단계별 대회에서 몇 차례 상을 탔다. 나는 자신감이 생겨 그동안의 의기소침에서 벗어나 어디서든 거침없이 내 의사 표현을 했다. 학급 임원 선거에도 나가서 고등학교 때까지 쭉 임원으로서 활동했다. 그에 발맞추느라 공부도 열심히 했다. 그녀를 떠올리는 일은 거의 없었다. 그런데도 사람을 경계하는 것은 오랫동안 마음 한구석에서 사라지지 않고 있었다. 한번 결정한 일에 대해서는 열정을 쏟았지만 어떤 것을 결정하기까지는 병적으로 신중했고 다른 사람을 의식했다.

한정식집의 음식은 대체로 심심했고 그녀의 감탄사가 나올 만큼 특유의 맛은 없었다. 음식점을 나와 골목길을 걸었다. 4월 초순의 날씨는 따사로웠다. 겉옷이 거추장스러웠다. 꽃들이 봉오리를 터뜨리며 피고 있었다. 그녀가 골목길 건너편 저층 아파트를 가리키며 자기 집이라고 했다. 들어가자는 말 대신 좀 힘들더라도 걷지 않겠냐고 했다. 딴 세상을 보여주겠노라고. 얼핏 초등학교 시절 나에게 각인된 그녀의 집이 스치고 지나갔다.

얼마 걷지 않아 활짝 핀 벚꽃나무들이 도열해 있는 하천가로 들어섰다. 무심천이라고 했다. 무심천! 언젠가 벚꽃길 명소로 TV를 통해 보았던 무심천 벚꽃길이었다. 그 당시 무심천이라는 이름과 벚꽃길이 절묘하게 조화된다는 생각을 했었다. 꽃 속에 파묻히면 세파를 다 잊고 무심해질 수 있으니.

끝이 없이 이어진 벚꽃길을 걷는 두 여자는 딴 세상에 옮겨진 것 같았다. 이곳은 이승이 아닐지도 몰랐다. 오랫동안 서로에게 잊혔던 두 여자가 저승에서 재회를 한 것인지도. 무심천 한가운데 있는 무심천유래비 앞에 섰다. 어느새 그녀가 유래비 앞에서 싱긋 웃으며 포즈를 취했다. 그다음엔 벚꽃나무 아래 흐드러지게 꽃 핀 가지를 잡고 섰다. 누가 청주에 사는 사람인지 잠시 헷갈렸다. 그녀도 나의 눈치를 살피더니 얼른 왼팔을 내 어깨에 두르며 셀카를 찍으라고 했다. 나는 셀카를 찍고는 유래비의 사연에 시선을 두었다.

'하천 앞 오두막에 다섯 살짜리 꼬마를 데리고 사는 아낙네가 있었다. 어느 날 탁발을 하던 행자승이 오두막에 들렀다. 아낙네는 볼일이 있다면서 아이를 행자승에게 맡기고 나갔다. 행자승은 아이가 마당에서 노는 모습을 보다가 마루 벽에 기대어 스르르 잠이 들었다. 얼마 후에 우는 소리에 행자승이 잠을 깨어보니 아낙네가 아이의 주검을 들고 서럽게 울고 있었다. 아이가 행자승이 잠든 사이에 하천 위 통나무 다리를 건너다가 물에 빠졌던 것이다. 그 뒤로 아낙네는 아이를 화장한 재를 하천에 뿌리고 절로 들어가 스님이 되었다. 그런 사연을 뒤로하고도 하천의 물은 늘 무심하게 흘렀다. 그 소식을 들은 행자승이 있던 절의 주지스님이 도처에 있는 스님들을 모아 통나무 다리 대신 돌다리를 놓았다.'

'정말 무심하네.'

나는 혼잣말이 절로 나왔다.

"너무 좋다. 이렇게 꽃길을 걸어본 지가 언젠지 모르겠어."

그녀는 내 기분 같은 것은 아랑곳하지 않고 탄성을 지르면서 말했다.

"십 년 전 청주에 왔을 땐 삭막한 겨울이었어. 무심천엔 물도 말라 있었고 핏기 없는 갈대만 흔들리고 있었어. 한국에서 새롭게 시작하려는 내 인생도 그렇게 쓸쓸할까 봐 나는 겁이 났어. 그때가 지금처럼 봄이었다면 달랐을까?"

갑자기 풀이 죽어 그녀는 씁쓸하게 웃으면서 말했다.

"그때는 우리 가족이 살 집 한 칸이 정말 절박했어."

그녀는 그동안 못했던 말을 이제야 한다는 듯 나에게 호소하듯이 말했다. 나도 그녀에게 토로할 무언가가 마음 깊숙이 있었지만 풀려나오지 않았다. 나는 어색한 간극을 메우려고 둘 사이를 벗어난 질문을 했다.

"청주는 뭐가 좋아?"

단도직입적이고 뭐든지 확실하게 대응하는 그녀가 내 물음이 끝나자마자 대답했다.

"일본에서 돌아와 막 시작한 남편 사업이 실패하고 한겨울에 쫓기듯이 청주로 내려왔어. 처음엔 할 일도 없고 해서 집에 있으면 울화가 치밀었어. 그때마다 집에서 가까운 무심천으로 뛰쳐나왔지. 처음엔 물도 마르고 앙상한 갈대만 흔들리는 무심천을 보며 꼭 내 모습을 보는 것만 같아 마냥 쓸쓸했어. 그런데 신기하게도 봄이 되니 나무에 순이 오르고 꽃이 피는 거야. 땅속에 숨어 있던 온갖 식물들이 고개를 내밀고……."

그녀는 자신의 말에 도취된 듯 눈에 물기가 맺히며 시선을 멀리 두었다.

"하루도 빠지지 않고 무심천을 걸었어. 그렇게라도 하지 않으면 몸에 불이 나서 견디기 힘들었어. 무심천의 사계절을 모두 보고 일 년이 흘렀을 때쯤 내 몸의 열기가 빠지고 이제 뭐라도 해야겠다는 생각이 들더라. 무심천은 늘 말없이 흘렀어, 무심할 정도로, 그런데 나중에 생각해보니 참 고맙더라. 오랫동안 지랄발광을 하는 나를 말없이 지켜봐준 것이."

태희의 말을 듣고 있던 나는 나도 모르게 그윽하게 그녀를 쳐다보고 있었다. 그녀는 갑자기 갈 데가 있다며 발걸음을 재촉했다. 꽃이 흐드러지게 핀 벚나무는 꽃잎의 무게를 못 이겨 꽃잎이 하르르 떨어졌다. 그녀가 외쳤다.

"눈 온다."

나도 외쳤다.

"꽃눈이다."

두 여자는 손을 받쳐 들고 꽃잎을 모셔들었다.

이상한 일이었다. 내가 그녀와 함께 떨어지는 꽃잎에 환호하고 있으니 나도 모르게 내 마음속 깊은 곳에 있는 앙금이 녹으며 비워지는 느낌이었다. 물론 그전에 그녀를 만날 때마다 늘 마음을 허공처럼 비워야 한다고 생각했다. 그런데 비워야 한다는 그 생각조차 오히려 나의 마음을 무겁게 했다. 나도 그녀처럼 무심하게 흐르는 무심천의 은택을 입은 것일까. 나는 그녀를 조금 편안하게 대할 수 있었다.

그녀는 수십 년 된 오래된 카페가 있다는 무심천변 위로 올라갔다. 그리고 무심천을 떠나기가 아쉬운 듯 한마디 던졌다.

"그런데 얼마 전에 무심천에서 시체가 발견됐어."

나는 문득 유래비 속의 물에 빠진 어린아이가 떠올랐다.

"잘 모르겠지만 좀 더 견뎠어야 했는데. 왜 나라고 그런 고비가 없었겠니? 마트의 생선, 건어물 코너에서 그걸 사라고 외치는 나를 상상할 수 있니? 그런데 견디다 보면 길이 열리더라. 나중엔 내가 판매왕까지 됐어."

그녀는 회한과 자부심이 섞인 목소리로 말했다. 나는 낯선 도시에서 낯선 여자에게 끌려가는 느낌이었다. 그녀는 갑자기 어디선가 나에게 뚝 떨어진 존재 같았다. 그녀는 말을 하고 나서 빙긋이 웃었다.

　　'오래된 음악'에는 사방 벽에 수많은 LP판들이 빼곡히 꽂혀 있었다. 카페가 생긴 지 오래된 만큼 오래된 물건들이 진열되어 있었다. 전화기, 라디오, 오르간이나 색소폰 같은 악기……. 오후의 카페는 구석에 몇 사람이 있을 뿐 한가로웠다. 고요했다. 창밖으로 무심천변 벚꽃이 마치 딴 세상 풍경처럼 휘날렸다. 그녀와 나는 미리 작정이라도 하고 온 듯 비엔나커피를 주문했다. 나는 단 것을 좋아하지 않아 주로 진하지 않은 아메리카노를 마신다. 그러나 때로 달달한 생크림이 조금씩 녹아 따뜻한 에스프레소와 섞이면서 조금씩 달라지는 맛을 내는 비엔나커피가 생각난다. 마음이 허전하고 메마르기라도 한 날이면 더욱. 그녀는 주문한 비엔나커피가 오자마자 티스푼으로 커피 위에 얹힌 휘핑크림을 저으면서 섞었다. 단번에 승부를 내야 직성이 풀리는 그녀의 모습을 또 한 번 확인하는 것 같아 풋 하고 웃음이 나왔다. 김광석의 〈사랑했지만〉이 절규처럼 흘렀다.

　　나는 그녀에게 물었다.

　　"청주는 어떻게 오게 된 거야?"

　　"글쎄, 우스울 수도 있는데 일본에서의 흔들렸던 나의 삶이 청주라는 도시가 바로 세워줄 것 같은 믿음 같은 것……. 그냥 맑은 느낌의 이름이 좋았어. 내 삶이 말갛게 되길 바랐나 봐. 그런데 처음 왔을 때 한

겨울에 걸었던 무심천변은 너무나 쓸쓸했어. 나는 외로웠어."

창가의 햇볕은 눈이 부셨다. 그녀가 일어나 블라인드를 내렸다. 김광석의 〈바람이 불어오는 곳〉이 경쾌하게 이어졌다. 우리는 둘의 공감대가 있던 시간의 이야기를 쏟아놓았다. 나와 그녀가 함께 보낸 시간 속 이야기들은 인생의 극히 일부겠지만 끝없이 골라내도 다 하지 못할 곡식 속의 뒷검불처럼 나왔다. 서로 다른 이야기들이 합해져 아귀가 맞아가고 희미하던 것이 형체를 이뤄갔다. 그 오래전 학교 가는 길 시장통에 있었던 떡볶이와 튀김의 같은 맛을 음미했다. 그녀 집에서 마셨던 이국적인 맛의 코코아, 그녀 엄마의 담배와 인상적인 모습이 다시 꺼내졌다.

그녀는 나의 얘기를 듣고 끌끌대며 한참을 자조적으로 웃었다.

"나는 그런 엄마가 얼마나 창피했는데. 그때는 다른 집 엄마처럼 우리 엄마도 수더분하면 얼마나 좋을까 생각했어. 나중에 커서야 이국에서 아버지를 일찍 여읜 엄마가 강해지려면 그럴 수밖에 없었겠구나 하고 이해했지."

그녀는 심연의 문이 열린 듯 속 깊은 얘기를 실타래를 풀듯 끄집어냈다.

"내가 고등학교를 졸업하자마자 엄마는 나를 데리고 일본으로 갔어. 내가 대학 입시에 실패한 것이 결정적이긴 했지. 엄마는 자신의 고향으로 가서 좋았겠지만 나는 너무나 힘들었어. 완전한 이방인이라고 할까. 열 살이나 더 먹은 일본인 남편을 만났고 아들을 낳았어. 우리 엄마와 같은 상황이 된 거지. 나도 결국 엄마처럼 내 아들이 성인이 되어서야 나의 고향으로 돌아왔고. 우리 아들도 지금 그때의 나처럼 이방인의 느낌으로 힘들어 할 거야. 잘 알지만 나도 어쩔 도리가 없어."

나는 울컥했다. 김광석의 〈먼지가 되어〉가 나오고 있었다. 왜 이 집에선 김광석의 노래만 틀어주는 것일까? 다른 노래도 나왔는데 내가 듣지 못한 것일 수도 있었다. 문득 내가 그녀에게서도 듣고 싶은 것만 듣는 것이 아닐까 하는 생각을 했다. 그녀는 내가 정작 듣고 싶은 말을 하지 않고 있었다. 그녀는 내가 묻고 싶은 말을 짐작이라도 하고 있을까?

다시 그녀와 이어진 그날을 또렷하게 기억한다. 미지에 대한 불안으로 가득 찬 고3 가을이었고 생물 시간이었다. 교실 스피커가 몇 번 찍찍거리더니 내 이름이 호명되며 교무실로 오라는 것이었다. 한번도 없던 일이었다. 무슨 잘못이라도 한 게 아닐까 하는 두려운 마음을 안고 교무실로 갔다. 학교 근처 J병원 응급실에 있는 그녀가 나를 찾는다는 것이었다. 뜻밖의 일이었다. 그녀와는 초등학교 그날 이후로 제대로 대면한 적이 없었다. 그날에 화석처럼 굳어버린 것을 그녀가 부서뜨려주지 않을까 기대를 할 때도 있었지만 그런 일은 없었다. 같은 고등학교가 되었지만 선택 외국어가 달라 같은 반이 된 적이 없었고 이미 그때는 내가 그녀의 삶을 동경하지 않았다. 짧은 순간 수많은 생각이 스쳤다. 그녀는 왜 나를 불렀을까 하는 원망과 함께 그 순간을 회피하고 싶었다. 한편 그래서는 안 될 것 같은 생각이 줄다리기를 할 때 나를 호출한 선생님이 빨리 가보라고 재촉했다.

J병원 응급실에 도착하니 구석 침대에서 그녀가 나를 물끄러미 바라보고 있었다. 간호사가 다가오더니 그녀가 학교 오는 길에 쓰러졌는데 이제야 정신을 차렸다는 것이었다. 집에 가야 하는데 혼자서는 갈 수 없으니 내가 데려다주라는 것이었다. 보호자로 그녀가 나를 지목했다는 것이었다. 넋 나간 얼굴을 하고 있는 그녀의 손을 잡고 버스 정류장까지 걸어 나왔다. 버스를 타고 집에 도착할 때까지 그녀와 나는 아무 말도 하지 않았다. 그녀에게는 감히 접근할 수 없는 분위기가 풍겼고 나 또한 그 상황에서 빨리 벗어나고 싶은 마음뿐이었다. 나는 아무도 없는 빈집에 그녀가 들어가는 것을 보고 얼른 다시 학교로 왔다. 이미 수업은 끝나 있었고 생물 시간 이후의 오후 수업은 모두 조퇴 처리되었다. 이상하게도 그녀는 그 일 이후에 나를 찾아오지 않았고 나 또한 그녀에게 가지 않았다. 오랫동안 문득문득 그녀는 왜 그날 학교 근처에서 쓰러져 병원 응급실에 실려간 것일까, 또 하필 나를 불렀을까, 부를 사람이 그렇게 없었을까를 궁금해했지만 그뿐 무심하게 세월이 갔다.

'오래된 음악'에서 같은 음악을 몇 번씩 반복해서 들었을 때쯤 그녀는 절에 가보지 않겠냐고 제안했다. 이 도심에 절이라니. 다시 무심천변으로 내려가 걸었다. 얼마를 걸으니 도로 건너편으로 누각 위의 범종이 눈에 띄었다. 집에서 멀지 않아 가끔 기도하러 다녔어. 절과 그녀는 잘 연결되지 않았으나 그동안의 세월이 무엇이라도 만들어내지 않았으랴.

무심천을 따라 걷다가 절 앞에서 걸음을 멈추었다. 그녀가 나에게 미소 지으며 말했다. 이 소리들 너무 좋지? 바람 소리, 풍경 소리, 목탁 소리…… 이 소리들은 자주 얼크러진 내 마음을 씻어주었어. 정갈하게 비질된 환한 마당에서 나는 그녀의 마음을 씻어준 소리를 고요히 들었다. 멈춰야만 들리는 소리였다. 도심 속의 절집은 시간을 뛰어넘은 다른 세상 같았다. 상량문 앞에 적힌 글을 읽으려고 하는데 그녀가 먼저 무심천의 전설 같은 이야기를 들려주었다.

"본래 이 일대는 고려의 사뇌사가 있던 곳이었대. 몽고의 침입으로 법당이 불타고, 석불들은 대홍수 때 쓰러져 무심천 주변에 묻혀 있었어. 그런 석불들은 어떻게 다시 용화사에 모셔지게 된 것일까? 용화사는 1902년에 창건한 사찰인데 고종의 후궁인 순빈 엄씨와 인연이 깊어. 어느 날 엄비의 꿈에 일곱 미륵이 오색영롱한 무지개를 타고 나타나 말하기를, 우리는 청주의 늪에 있는데 어려움에 처해 있으니 절을 짓고 구해달라고 했어. 잠에서 깬 엄비가 고종에게 고해 조사해보니 놀랍게도 무심천변의 늪에 실제로 칠존석불이 묻혀 있더래. 그래서 이 절을 새로 짓고 안치했다는 거야."

그 전설은 자연스럽게 나에게 다가왔다. 석불이 늪에 묻혀 있으면 안 되는 것이었다. 누구에게라도 발견되어 제자리를 잡아야 하는 것이다. 내가 그녀를 다시 만나게 된 것처럼. 그녀가 조심스레 법당 문을 열어 나는 그 뒤를 따라 들어갔다. 작은 약사여래불과 높이를 가늠하기 힘든 큰 키의 석불이 나를 압도했다. 자태가 늠름하고 빼어났다. 돌 속

에서 건져 올린 표정이라고는 믿을 수 없을 만큼 자애로웠고 미소가 은
은했다. 난 불자가 아니지만 그 앞에 오래 앉아서 무념의 상태에 빠지
고 싶었다.

　그녀는 가만히 내 손을 이끌고 법당의 뒤편으로 돌아갔다. 석가모
니의 뒷면에 또 하나의 불상이 돋을새김되어 있었다. 하마터면 소리를
지를 뻔했다. 처음 보는 신비한 모습의 불상이었다. 인자한 웃음을 띠
고 지그시 바라보는 모습이 앞면의 석가모니와는 또 다른 느낌이었다.
뒷모습은 유등보살이래. 그녀가 속삭이듯이 말했다. 도대체 어떻게 앞
모습과 뒷모습이 다른 불상이 있단 말인가? 법당을 나왔을 때 그녀는
마치 비밀을 말하듯이 속삭였다.

　"유등보살을 공개한 건 십 년 됐어. 내가 막 일본에서 돌아왔을 때였
지. 마치 나를 위해서 그런 것처럼. 그동안 수없이 부처님 앞에서 절을
할 때마다 나는 뒷면에 새겨진 유등보살을 생각했어. 그러면 왠지 마
음이 편안해졌어. 알고 보니 유등보살은 석가모니의 전생을 새긴 것이
래. 오랜 시간 수양하고 공양하여 마침내 성불한 모습이 석가모니 부
처이고. 그래서 모자라고 부족한 내가 유등보살에게 친근감을 느꼈나
봐."

　설마 그런 걸까? 그녀가 부처님 앞에서 수없이 절을 할 때 한번이라
도 나를 떠올렸을까? 그날 내가 노처녀 선생에게 당할 때 아무 말도 안
하고 고개 숙인 채 표정을 감추었던 것을 후회하기는 했을까? 또 고3
때의 어느 날, 그녀는 내게 그날의 일을 사과하려고 했었고 내가 와서

자기를 집까지 데려다준 것이 너무 고마웠는데 말하지 못했다고, 그것을 참회하는 기도를 올렸을까? 세월이 흘러 오늘 무심천에 와서야 나는 생각한다. 사실 그녀는 나를 만나기까지 수십 년 동안 이 두 가지를 생각하며 수없이 부처님 앞에서 절을 하는 유등보살로서 살아왔다고. 우리가 서로를 기억하지 않았는데 과연 오늘 무심천에서 만나졌을까?

나는 술 한잔 생각이 간절했다. 그녀는 나의 손을 이끌고 가경동에 있다는 막창집으로 넘어가겠다고 했다. '뿅카는 막창'집이라고 했다. 나의 귀는 뿅 가는 막창으로 들었다. 얼마나 맛있으면 뿅 갈까, 그 맛이 궁금했다. 그리고 사실은 그쯤에서 나는 어디로든 뿅 가고 싶었다. 나는 그녀에게 듣고 싶은 말을 다 들은 것 같았다. 그녀와 내 곁에서 무심천은 계속 흘렀다.

투견

나무에 묶어두었던 목줄을 풀고 몸을 낮춰 포세이돈을 껴안았다. 포세이돈은 눈을 감고 나를 외면했다. 포세이돈을 꼭 잡았다. 쇠창살로 된 투견장의 문이 열렸다. 포세이돈이 본능적으로 몸을 움직이며 입구에서 고개를 돌렸다. 가만히 있던 포세이돈이 나의 품안에서 벗어나려고 거세게 발버둥을 쳤다. 내가 포세이돈과 실랑이를 하는 사이 상대방 견주가 먼저 투견장 안에 개를 집어넣었다. 나도 있는 힘을 다해 포세이돈을 투견장 안으로 밀어 넣었다. 거대한 파도가 일어나는 듯한 포세이돈의 포효가 들렸다.

엄마가 죽은 지 1년이 다 되어가고 있을 때 외삼촌에게서 연락이 왔다. 외삼촌은 엄마와 각별했다. 엄마와 끝까지 남은 자식이 나였으니 한 번쯤은 외삼촌이 나를 찾을 법했다. 내가 외삼촌을 기다린 것은 아니었다. 나는 엄마가 죽은 후 생에 대한 아무 의욕이 없었다. 그동안 나

는 내가 하고 싶은 것을 하느라 늘 내가 우선이었다. 5년 동안 군 부사
관으로 있다가 전역한 후 직장도 잡고 결혼도 해야 했는데 대신 뒤늦게
대학에 들어갔다. 내가 꼭 하고 싶었던 철학 공부를 하기 위해서였다.
많은 사람들이 무슨 개똥철학이냐고 했지만 엄마는 내가 하는 것은 다
좋은 줄로 알았다. 대학을 졸업했다고 해서 뾰족한 수는 없었다. 생각
의 양이 더 많아졌을 뿐이었다. 겨우 엄마와 내가 먹고살아갈 만큼의
돈을 벌기 위해 논술학원에서 학생들을 가르쳤다. 학생들 앞에서 멋진
말만 하는 내가 왠지 거짓말쟁이처럼 느껴질 때가 많았다.

나를 전폭적으로 신뢰하는 엄마에게 나는 아무것도 해준 것이 없었
다. 엄마가 없으니 잘못 살았다는 회한이 밀려왔다. 논술학원에도 더
이상 나가야 할 의미를 찾지 못했다. 일을 그만두고 그동안 알량하게
벌어둔 돈을 까먹고 있는 시점에 외삼촌이 온 것이었다. 외삼촌은 내
가 사는 꼴을 보고 "뭐라도 해야지." 하며 딱하다는 표정을 지었다. 마
흔 줄에 접어든 건장한 사내가 아무 일도 안 하고 있으니 한심도 하였
을 것이었다. 외삼촌의 행색은 엄마가 죽기 얼마 전부터 번드르르해지
기 시작했다. 내게는 그가 거드름을 피우는 것같이 보여 못마땅했다.

외삼촌은 내가 어렸을 때부터 우리 집에 자주 들렀다. 엄마의 생일
이나 무슨 날이면 옷가지나 건강식품 등을 사 와 생색을 냈다. 그러나
내가 알기론 그것은 엄마에게 돈을 뜯어가기 위한 밑밥이었다. 투자를
합네, 사업을 합네 하면서 가져간 돈이 적지 않았다. 그래도 엄마는 저
렇게 나를 살피는 것만 해도 어디냐고 하면서 외삼촌을 두둔했다. 나

는 한 번도 외삼촌 집에 간 적이 없었다. 몇 번 같이 사는 여자를 우리 집에 데려왔는데 그때마다 다른 여자였다. 막연히 외삼촌의 삶을 짐작할 뿐 무관심했다.

외삼촌이 그다음에는 웬 개를 끌고 왔다. 반려견으로 키우기에는 좀 커 보였다. 미국 태생인 아메리칸 핏불테리어였다. 새끼지만 단단한 근육질의 몸을 가지고 있었다. 외삼촌은 이런 개가 유약한 나에게 꼭 필요하다며 행운을 가져다줄 것이라고 큰소리쳤다. 그러면서 슬쩍 새로운 일을 제안했다. 개를 키워서 분양하는 일이었다. 왠지 모르겠지만 나는 외삼촌의 그 제안이 그리 싫지 않았다. 뭔가 나에게 새로운 전기가 될 것 같았다. 발 빠른 외삼촌의 주선으로 얼마 후에 거대한 놀이동산이 가까이 있는 용인의 전원으로 이사를 했다. 단기간에 내가 지낼 컨테이너 집이 지어지고 너른 마당에 개들을 키울 사육장이 지어졌다. 핏불테리어를 위한 사육장은 더 크고 특별했다. 그건 나중에 맹수가 될 핏불테리어를 위해서 준비된 것이었다. 그래도 나는 핏불테리어를 처음부터 우리에 집어넣지 않았다. 외삼촌은 이미 이름이 익숙한 또는 익숙하지 않은 강아지들을 종류별로 사서 사육장에 집어넣었다. "이제 내 할 일은 다했으니 키우는 것은 네 몫이다."라고 말하는 외삼촌의 눈매는 매섭고 단호했는데 뭔가 드러나면 안 되는 것을 숨기고 있는 것처럼 보였다.

나는 외삼촌이 데리고 온 핏불테리어에게 '포세이돈'이라는 이름을 지어주었다. 개에게 바다의 신처럼 거센 파도를 일으키고 대지에 지진을 일으킬 만큼 힘을 가질 것을 원했다. 나의 개가 된 포세이돈은 나의 바람처럼 단단하고 힘이 셌다. 포세이돈은 나에 대한 애정이 두터워서 다른 곳을 바라보지 않았다. 포세이돈은 늘 내 곁에 붙어 다녔다. 생김 새와는 달리 때로는 애교가 넘쳤다. 나를 보고 눈을 끔벅거리면 평소 에 과묵한 사내가 미소를 짓는 것 같아 푸근했다. 애견들을 돌보느라 사육장을 드나들 때도 나와 다른 개들을 보호라도 하는 듯이 나를 따라 다녔다.

나는 느긋하고 조용한 성격을 가진 포세이돈이 좋았다. 더구나 내가 갖지 못한 강한 체력과 힘을 갖춘 것은 더욱. 투쟁 본능이 강해서 다른 동물에게 매우 공격적이라는 것이 믿기지 않았다. 나는 포세이돈에게 나를 투영했다. 포세이돈이 내 곁에 있는 한 나는 강자처럼 생각되었 다. 나는 저녁이면 경전철 선로 아래로 흐르는 하천을 따라 포세이돈 과 걸었다. 산책을 하던 사람들은 포세이돈의 목줄을 잡고 가는 내 곁 에서 멀리 떨어졌다. 나는 믿음직한 애인과 연애를 하는 기분이었다. 그런데 나는 보디가드 같은 포세이돈이 있었음에도 불구하고 강아지 들을 잘 키우지도 못하고 팔아야 돈이 될 텐데 그러지도 못했다. 가끔 외삼촌이 찾아와 내가 사는 꼴을 보고 혀를 찼다.

사육장은 동네에서 떨어져 있었지만 가까운 거리에 카페가 있었다. 여름에는 수영할 수 있는 야외 풀과 나무들 사이로 파라솔을 펼친 테 이블이 있어 제법 운치 있는 장소였다. 배설물 냄새와 털 날림까지는 영향이 가지 않더라도 개들이 한꺼번에 짖어대면 문제가 되었다. 아닌

게 아니라 여름의 한복판에 있던 날, 마당의 사육장 앞에서 강아지들에게 먹이를 주고 있는데 카페 사장이 찾아왔다. 얼굴을 찡그리며 말했다. "손님들에게 항의가 들어왔어요. 시끄럽고 냄새가 난다고요." 그 정도는 아닐 것이라고 생각했지만 멀리 떨어져 있더라도 보이는 곳에 개 사육장이 있는 게 좋을 리는 없을 것이었다. 나는 정중하게 주의하겠다고 말했다. 사장은 그게 주의해서 될 문제냐고 하면서도 어쩔 수 없다는 태도를 보이면서 돌아갔다. 가끔 사료를 사러 시내에 나갈 때 보면 카페 정원에서 차를 마시며 강아지를 산책시키는 손님들이 보였다. 그들은 깨끗한 펫숍에서 데려온 강아지들도 결국 개 사육장에서 데려온 것을 알 텐데 개 사육장은 혐오했다.

　강아지들을 키우는 데 유지비는 생각했던 것보다 훨씬 많이 들었다. 사료비, 때 맞춰 맞추는 예방접종비, 질병으로 인한 병원비……. 그것도 부지런하게 움직여 제때 손을 못 쓰면 강아지들이 병들거나 죽어가는 판이었다. 나의 아이를 키우는 거라면 병원비 드는 게 하나도 안 아깝겠지만 사업으로 하는 것은 다른 문제였다. 삼촌은 처음에 나에게 개 분양 사업을 하게 하면서 장밋빛 청사진을 펼쳤다. 늘어나는 싱글들과 메마른 가정에 한자리를 차지하는 강아지 수요는 폭풍 불듯이 늘어날 것이다. 그러니 좋은 혈통으로 출산 수가 많은 견종을 사서 키운 다음 분양하면 반드시 성공할 것이라고 큰소리쳤다. 말티즈, 비숑, 웰시코기, 포메라니안……. 나는 발음하기도 힘든 개들의 이름을 열심히 외우면서 잘해보려고 애썼다.

수익 창출이 되는 시점인 강아지가 태어나기까지는 시간이 많이 걸린다. 강아지가 모견이 돼서 새끼를 배 속에서 두 달을 품고 있고, 또 태어나서 두 달이 지나야 모견이 되는 순환이다. 그런데 모견의 건강을 위해서 매번 발정 때마다 새끼를 가지게 할 수 없다. 그래서 한 번씩 발정을 거르면 시간은 더 오래 걸린다. 게다가 반려견을 키우고자 하는 사람들은 각자의 기호도 있지만 대세를 이루는 유행이 있다. 요즘 사람들은 짜리몽땅하고 눈이 크고 코가 작은 견종을 좋아해서 어떻게든 그에 알맞은 교배를 시도한다. 애완견 분양 사업이 인기 있는 종목의 주식과 같다는 생각을 했다. 분양 단가를 높이려고 좋은 혈통을 사서 공들여 키워놨는데 분양시킬 때쯤 인기가 꺼져서 가격이 내리면 적절한 시기에 분양을 다 못 하고 처지게 된다. 그동안 공든 탑이 무너지는 것이다. 그런데 애견 분양 사업에 대한 평가는 냉혹하다. 불결한 사육 환경, 싼 먹이, 강제 번식……. 언론까지 가세하여 동물 학대라며 빗발치게 소리를 낸다. 결국 그들도 그들이 비난하는 애견 사육장에서 분양된 강아지들을 사 가면서 말이다.

강아지 분양을 위해 개를 키우는 동안 별일을 많이 겪었지만 결정적인 것은 아무리 노력하고 애써도 안 되었다. 철저한 준비 없이 외삼촌 말만 듣고 새로운 변화만 바라며 덤벼든 것이 잘못이었다. 장사 수완이 없는 나의 기질도 한몫했다. 교배해서 새끼를 낳게 하는 것까지는 어떻게 하지만 그것들을 제값을 받고 내다 파는 것이 문제였다. 지역 광고지나 인터넷을 통해 분양 광고를 내도 연락해 오는 사람은 별로 없었다. 어쩌다 전화가 오더라도 몇 마디 나누고 알았다고 하면서 끊어버렸다. 첫해는 수익을 기대하지 않으며 열심히만 해서 겨우 뭔가 익숙해지는 듯했는데 이듬해에 예상치 못한 변수가 생겼다. 몇 년에 한 번씩 생긴다는 전염병이 돈 것이다. 예방접종했던 개들까지 손써볼 겨를 없이 보냈다. 간신히 나은 강아지들도 한참 동안 후유증을 앓았다. 몇 마리 남지 않은 개들 속에서 난 자포자기 심정이 되었다. 모든 게 시들해졌다. 포세이돈이 내 곁에 남아 있는 것이 그나마 큰 위안이었다. 포세이돈은 많이 커서 마당의 철장 우리에 넣었다. 내가 마당에서 망연히 서 있으면 포세이돈은 나를 위로라도 하듯 그윽한 눈빛을 보냈다.

나는 대여섯 마리 남은 강아지들을 때가 되면 밥을 주는 정도로만 돌보고 애견분양 사업을 서서히 정리하려는 마음을 가졌다. 수중에 얼마 남지 않은 돈으로 인기 있는 새로운 견종을 사는 대신 나무와 화초를 사서 심었다. 엄마는 평생 마당 있는 집에서 화초를 가꾸며 살고 싶다고 노래를 했다. 엄마는 시멘트가 발라진 좁은 마당을 서성이며 내가 모르는 옛날 가수의 〈파초의 꿈〉이란 노래를 자주 불렀다. '……태양의 언덕 위에 꿈을 심으면/파초의 푸른 꿈은 이뤄지겠지.'

엄마는 화분에조차 파초를 심을 여력이 없었다. 왠지 꿈이 서려 있을 것 같은 '파초'라는 이름이 좋았다. 어렵사리 파초 구근을 구해 화분에 심어 마당에 내놓았다. 매일 물을 주니 새순이 쑥쑥 올라왔다. 무엇보다 이건 새끼가 태어나면 팔 걱정을 해야 하는 개가 아니라서 좋았다. 옛사람들은 중국에 유학 갔다 오면서 남국의 식물인 파초를 가져왔다지. 나는 견주가 아닌 고고한 선비가 되는 느낌을 가졌다. 비가 오면 현관문을 열어놓고 넓적한 잎 사이로 떨어지는 빗소리를 들었다. 포세이돈도 우리 철망 사이로 파초를 쳐다보는 나를 바라보았다.

이상한 일이다. 내가 우리 집에 초등 동창들을 초대하리라고는 나도 짐작하지 못했다. 지난봄 초등 동창 정모 때 대구에서 올라온 영만이를 어쩔 수 없이 하룻밤 재워준 것밖에는 없는 일이었다. 영만이는 사육장 속에 있는 개들을 좋아했다. 나 대신 먹이를 주고 우리 청소를 해주었다. 나는 영만이에게 사육장 안에 있는 시추 개 한 마리를 주었다. 영만이는 그날 사진을 찍어 동창 밴드 갤러리에 내가 준 시추 강아지와 내 집을 올렸다. 그게 화근이었다. 초등 동창들은 그것들에 수없이 찬사의 댓글을 쓰고 나의 집에 대한 무한한 동경을 품었다. 급기야 초대 운운하는 글까지 달렸다. 사실 나는 대형 수조 속에 갇혀 있는 물고기 아로와나, 야성을 숨기며 종일 묶여 있는 핏불테리어 포세이돈, 마당 한구석에 고고하게 서 있는 황금측백나무를 진작부터 누구에게든 자랑하고 싶었다. 게다가 최근에 심은 파초까지. 그것들은 많은 사람들에게 찬사받을 만했다. 게다가 다시 내 마음 깊숙한 곳에서 사랑의 불꽃을 일으킨 수가 온다고 했다.

초등학교 시절. 새침하고 예쁘게 생긴 수, 그녀의 얼굴은 하얬는데 우유를 많이 먹어서 그렇다고 했다. 어느 날 학교 수업을 마치고 몰래 그녀를 따라갔다. 그녀는 병원 집 딸이었다. 평화의원, 그곳은 내가 그녀와 평화할 수 없는 아득한 곳이었다.

　나는 누구에게도 나의 외로움을 토로하지 않는다. 그것은 나의 삶의 방식이 되었다. 혼자 사는 것이 천국보다 좋을 때가 있다. 누구를 애타게 기다릴 필요도 없고 가슴 조이며 그리워 눈물 흘리지 않아도 된다. 나는 사람 대신 힘이 세고 눈빛이 선한 핏불테리어 포세이돈과 대화를 한다. 포세이돈의 목줄을 잡고 지는 노을을 보며 하천 길을 산책한다. 가끔 어디로 가야할지 망설여질 때 물고기 아로와나가 있는 자유롭고 맑은 수조 속으로 들어간다. 물고기들의 조용하고 가벼운 움직임을 따라 수의 손을 잡고 춤을 출 때도 있다. 나는 수가 우리 집에 오는 한참 전부터 마음이 들떠 잠을 이룰 수가 없었다. 마당의 무성한 잡초를 뽑았다. 황금측백나무에 물을 뿌려 잎에 윤기가 돌게 했다. 현관 입구에 노란색, 자주색 국화를 심었다. 마당 한가운데 나무 테이블을 놓고 오래전 수가 입었던 빨간 스웨터 빛깔의 파라솔을 설치했다. 그 테이블에서 나는 수와 마주 앉아서 고기와 술을 먹을 것이다. 수를 맞을 준비는 다 되었다.

　마당 한가운데 빨간색 파라솔이 꽂혀 있는 테이블과 그릴을 얹을 수 있는 화덕을 놓았다. 화덕 옆에는 불 피울 장작을 잔뜩 쌓아놓았다. 친구들은 고구마나 심지어 고등어까지 들고 왔다. 고기를 굽고 난 후에는 그릴 위에 호일로 싼 고구마와 생선을 올려놓았다. 충분한 장작 덕에 불은 계속 타올랐고 동창들은 들떠 있었다. 동창들은 고기를 먹으며 자주 잔을 부딪치고 무슨 말이든 하고 노래를 불렀다. 나는 포세이돈을 철장에서 나오게 해 묶어놓았다. 포세이돈은 나의 친구들을 물끄러미 바라보았다. 무심해 보이면서도 푸근한 눈빛이었다. 내가 쓸쓸하지 않아서 자신도 기쁘다는 듯이. 수는 포세이돈 가까이 가서 말을 걸었다. "아휴, 잘생겼네. 이 윤기 있고 탄력 있는 몸 좀 봐. 눈빛이 사람하고 똑같아. 무언가 말하려나 봐." 수가 포세이돈에게 하는 말이 내게 하는 말로 들렸다. 너무 듣고 싶었던. 가슴이 뛰었다. 수는 포세이돈이 정말 맘에 든 것 같았지만 다가가지 못하고 일정 거리를 유지했다.

외삼촌은 어둑해지는 시각에 나를 데리고 K시에 갔다. 외삼촌은 도심에서 한참 벗어날 때까지 차를 몰았다. 얼마쯤 가자 고급 승용차들이 줄지어 서 있고 험악하게 생긴 사내들이 여기저기 서성거리고 있었다. 뭔가 불온한 냄새가 났지만 포세이돈이 내게로 온 날처럼 내가 맞닥뜨려야 할 운명처럼 느껴졌다. 여름이지만 밤공기는 서늘했다. 숲 한가운데 복서들이나 오를 것 같은 쇠로 울타리를 두른 원형 링이 있었다. 나무들 사이로 선을 연결하여 걸린 전등들이 링 주변 어둠을 밝히고 있었다. 링 바로 앞 나무에 독기가 오른 개 두 마리가 묶여 있었다. 보이지 않는 숲의 구석구석에도 개들이 묶여 있을 것이었다. 얼마큼 시간이 지나자 사람들이 링 주위로 몰려들었다. 구석에서 오만 원 권 지폐 묶음이 오갔다. 삼촌이 내 등을 치며 말했다. "잘 봐둬. 이렇게 돈을 벌어야지. 짜잘하게 강아지나 키워서 되겠냐?"

링 위에 올라선 개는 도사견이었다. 외삼촌은 내 곁에 팔짱을 끼고 서서 눈을 가늘게 뜨고 링 위를 바라보았다.

"저놈이 원래 멧돼지 사냥개잖아. 아주 잘 싸우지. 한 번 공격하면 절대 물러서는 법이 없어."

외삼촌은 흐뭇하게 바라보았다. 개들은 서로 노려보면서 호시탐탐 공격 기회를 노렸다. 먼저 한 놈이 달려들어 상대방 개의 목덜미를 물었다. 상대방 개도 그 기세에 눌리지 않고 목덜미를 물린 채 상대방의 목덜미를 덥석 물었다. 먼저 개가 물었던 목덜미를 놓았다. 그렇게 떨어지고 다시 공격하면서 엎치락뒤치락 싸움은 지속되었다. 어느 한 개라도 비명을 지를 법했지만 놈들은 가쁜 숨만 몰아쉬었다. 개들은 어느 한쪽이라도 비명을 지르면 소리 패를 당한다는 것을 알고 있는 것 같았다. 귀와 몸 여기저기 살점이 떨어져 나간 자국에서 피가 뚝뚝 떨어졌다. 놈들은 둘 다 지쳐 상처투성이 몰골을 한 채로 공격만이 살길인 줄 알고 서로를 향해 달려들었다. 어느 한 놈이라도 한 번의 펀치를 날리면 게임은 끝날 것 같았다. 한 놈의 눈빛에 살기가 어렸다. 잠깐 머뭇하는가 싶더니 살기가 가득 찬 놈이 다른 한 놈의 몸통에 머리를 들이받았다. 상대 개가 비틀거리다가 나가떨어졌다. 사람들은 박수를 쳤다. 사람들 사이에서 환호와 실망의 한숨이 섞여 나왔다. 외삼촌은 회심의 미소를 지었다. 아마도 외삼촌은 이긴 놈에게 돈을 건 모양이었다. 다운되어 일어나야 하는 2분의 시간은 길었다. 쓰러진 개의 견주는 개의 이름을 부르며 소리를 질렀다. 2분이 지났다. 견주는 '개새끼' 하면서 얼굴이 붉으락푸르락해져 한쪽으로 사라졌다. 험악하게 생긴 어깨로 보이는 두 명이 쓰러진 개를 바로 작은 케이지에 가둬 나갔다. 승리한 개의 주인이 얼른 개를 끌고 나와 상처를 소독하고 마취도 하지 않은 채 피가 맺히고 찢어진 부분을 꿰맸다. 내가 얼굴을 찡그리며 그쪽을 바라보자 외삼촌이 자신은 세상 이치를 다 알고 있다는 투로 말했다.

"염려 마. 저 놈은 지금 잔뜩 독이 올라 아픈 줄도 몰라. 치료는 바로바로 해줘야 해."

쓰러진 놈은 어떻게 되는 거냐고 했더니 외삼촌은 더욱 고무되어 들뜬 목소리로 말했다.

"그러게 저놈은 좀 더 쉬고 나왔어야 하는데 이번에 욕심을 좀 부렸군. 그래도 손해 날 것은 없을걸. 그동안 뽑을 만큼은 뽑았으니까. 근데 더 이상은 안 될 것 같네. 이제 육고기로 좋은 일 시켜야지."

외삼촌은 투견장의 모든 걸 꿰고 있었다. 외삼촌의 개는 무엇일까 궁금했지만 끝내 외삼촌의 개는 나타나지 않았다. 처음 투견장에서 본 모습은 충격적이었지만 나는 줄곧 집에 있는 포세이돈을 생각했다. 포세이돈은 과연 싸울 수 있을까? 외삼촌은 이런 나의 생각을 감지라도 한 듯 또 한마디 던졌다.

"투견은 만들어지는 거야. 도사견 저놈도 불도그와 그레이트덴, 세인트버나드, 불테리어 등 네 개의 피가 섞인 거라고. 포세이돈도 지금 몸이 근지러울걸."

만들어진다고, 나는 포세이돈의 갈구하는 눈빛을 떠올렸다.

그 뒤로도 몇 번 더 외삼촌을 따라 투견장이 있는 J시, K시, Y시에 갔다. 개들은 주로 아메리칸 핏불테리어나 도사견이었다. 투견은 예전에는 원래 정식 경기였으나 동물 보호가 전면에 이루어지면서 음성적으로 도박꾼들에 의한 투기가 되었다. 외삼촌은 투견장으로 가는 길에 늘 같은 말을 읊조렸다.

"소싸움은 되잖아. 그건 전통이고 민속이라서 괜찮고 투견은 왜 안 되냐 말이야. 동물보호협회 놈들은 그런 거 전혀 안 즐기냐고. 사람들이 하는 격투기 보면서 박수 치는 놈들이 개는 엄청 위한단 말이야."

투견의 정식 룰 같은 건 점점 지켜지지 않았다. 잔악함의 강도는 더 세졌다. 어느 투견장에선 도사견은 도사견끼리 상대시키지만 때로 다른 종들끼리 싸움을 붙이기도 했다. 어릴 적 아버지는 고향의 추억을 자주 말했다. 그중에 개싸움 얘기를 할 때는 어깨가 들썩였다. "고놈의 얄미운 자식이 끌고 나온 개를 우리 팔복이가 케이오 시키면 밥 안 먹어도 배불렀지." 예전에는 그렇게 사람에 대한 나쁜 감정을 개에게 투영시켜 털어냈다. 거기에 돈은 없었다. 그래서 죽을 때까지 싸우게 하는 잔인함은 없었다.

주인에게 충성스런 종의 개들은 목숨을 내걸고 싸웠다. 아니 투견으로 만들어진 개들은 그게 본능이 되었다. 약한 개는 정해진 시간 전에 만신창이가 되어 나자빠졌다. 승리한 개의 몰골 또한 볼썽사나웠다. 견주를 비롯한 투견에 돈을 건 사람들, 심지어 나 같은 구경꾼 등 링을 에워싼 열댓 명의 사람들은 온 정신을 곧추세우고 눈을 번뜩였다. 어느 한쪽의 개라도 기세를 올리면 사람들은 더 열광했다. 마치 자신이 싸우고 있는 것처럼 눈에 살기가 서렸다. 누군가는 자신의 삶을 개싸움 한 방에 걸었는지도 모른다. 나는 서서히 개싸움에 중독되었다. 내가 언제 한번 죽기 살기로 싸워본 적 있었던가? 처음에는 투견 판에 갔다 오면 하루 이틀 밥도 못 먹고 며칠 동안 사나운 꿈에 시달렸는데 그런 증세도 차차 없어졌다. 지독하게 앓고 난 뒤의 시원함 같은 게 느껴졌다. 나의 근육이 더 단단해진 것 같기도 했다.

어느 시점부터 늘 내 곁을 지키는 포세이돈이 다시 보였다. 외삼촌은 진작부터 이렇게 될 내 마음을 예견하고 포세이돈을 데려온 것이었다. 애견 분양 사업은 투견을 위한 포석이었던 것일까? 오히려 내가 사업에 망했을 때 외삼촌은 속으로 쾌재를 불렀는지도 모른다. 자신의 때가 왔음에. 외삼촌은 네 발 동물을 위해 개조된 러닝머신을 구해왔다. "운동을 해야 근육이 붙지." 오자마자 그 말을 툭 던지는 그의 얼굴에 야릇한 미소가 번졌다. 나는 틈틈이 포세이돈을 러닝머신 위에서 달리게 했다. 싸움에서 이기려면 근력과 지구력을 더 길러야 했다. 포세이돈은 내가 정지 버튼을 누를 때까지 멈추지 않았다. 달리는 것을 멈추면 목이 조여 오니까 살기 위해서 달리는 것을 멈출 수 없다. 핏불테리어는 인내심이 많은 개라고 했다. 포세이돈이 나를 보는 눈빛은 전 같지 않았다. 원망과 애원이 섞인 그런 눈빛이었다. 그렇다고 포세이돈이 나의 명령을 거부하진 않았다. 외삼촌은 더 자주 들러 포세이돈의 상태를 살폈다. 그때마다 내가 포세이돈을 잘 훈련시켰다고 칭찬하며 곧 내가 인생 역전할 거라고 큰소리쳤다.

포세이돈이 처음 입을 따는 날이었다. 투견으로서 데뷔를 하는 것이다. 아직 정식 투견은 아닌 개들, 소위 아마추어 개들이 모여 경기를 한다. 해가 짧아지기 시작한 9월의 저녁에 외삼촌과 나는 포세이돈을 싣고 P시에 있는 야산으로 갔다. 그동안 외삼촌을 따라다니며 익숙해진 풍경이었지만 나는 포세이돈이 처음 접한 상황에 어떻게 반응하고 상대방 개를 향하여 공격이나 할 수 있을까 궁금했다. 외삼촌은 나에게 괜한 걱정을 한다며 말했다.

"투견은 본능적으로 그렇게 하도록 만들어졌다니까. 저놈이 민첩하게 펀치 한 번 제대로 날리면 게임 끝이지."

외삼촌도 투견으로서의 가능성이 미지수인 포세이돈에 대한 기대감으로 잔뜩 부풀어 있는 듯했다. 포세이돈은 나무에 목줄이 묶인 채로 링 위에서 싸우는 다른 개들을 물끄러미 바라보았다. 처음에 다른 핏불의 경기가 있었다. 링 위에 오른 개들은 경기가 시작되었는데도 준비운동을 하듯이 서로 그르렁거리며 덤벼들지 않았다. 견주들이 서서 눈짓을 보내고 휘파람을 불자 한 마리가 신호를 받고 달리기 출발선에서 튀어나가듯이 상대 개에게 돌진했다. 머리로 머리를 세게 가격했다. 상대 개가 번쩍 정신이 났다는 듯이 공격한 개에게 튕겨져 나와 다시 반동적으로 달려들었다. 목을 물어뜯었다. 그렇게 붙었다 떨어지다를 반복하면서 개들은 털이 뜯기고 살점이 떨어져 나갔다. 그래도 한 번 시동이 걸려 계속 전진하는 차처럼 개들은 멈추지 않았다. 먼저 공격한 개가 상대 개를 넘어뜨려 발로 눌렀다. 엎어진 개는 2분이 지나도록 일어나지 못했다. 공격한 개의 1라운드 승리였다. 개들이 입에 물을 적시고 다시 2라운드가 시작되었다. 이번에도 공격 개시 신호가 있었지만 개들은 숨을 헐떡이며 상대 개를 노려보기만 했다. 다시 견주들의 재촉이 시작되었다. 관중들이 긴장된 눈빛으로 링 위를 주시할 때 1라운드에서 다운된 개가 잠시 두리번거리더니 링 위로 순식간에 뛰어올라 쏜살같이 숲길을 내달렸다. 견주가 그 뒤를 쫓았다. 여기저기서 휘파람과 야유가 쏟아졌다.

"아직 훈련이 덜 된 놈을 데리고 왔구먼."

외삼촌은 비웃듯이 한마디 던졌다. 도망가는 개라니, 한 번도 상상하지 않았었다. 만약 포세이돈도 저 개처럼 도망간다면 그건 내가 도망가는 것과 마찬가지일 것 같았다. 드디어 포세이돈의 싸움 차례였다. 포세이돈은 앞의 경기와 도망가는 개를 지켜봤음에도 순순히 내가 인도하는 대로 링 위로 올라갔다. 포세이돈도 자신을 한번 시험해보고 싶었던 것일까? 피를 보고 이제 제대로 견생의 무대 한가운데로 가자고 생각했는지도 모른다. 시작 휘슬을 불자 포세이돈이 눈 깜짝할 사이에 상대 개에게 달려들었다. 나비같이 날아서 벌처럼 쏘았다고 할까? 상대 개가 순간 쓰러질 듯이 흔들렸다. 나는 포세이돈의 민첩성과 펀치력에 새삼 놀랐다. 포세이돈과 상대 개는 붙었다 떨어졌다를 반복하며 서로 공격했다. 그런데 마치 서로의 피는 안 보겠다고 서로 약속이라도 한 듯 물어뜯지를 않고 주로 입과 머리 펀치를 날렸다. 사람들은 피를 보지 않는 경기는 재미없다는 듯 좌우로 머리를 흔들거나 손깍지를 끼어 팔운동을 했다. 뜻밖에 몇 분 지나지 않아 상대 개가 포세이돈의 펀치에 맥없이 다운됐다.

외삼촌은 얼굴 가득 회심의 미소를 지었다. 3판 승이지만 나는 2라운드에서 빨리 경기가 끝나기를 바랐다. 나는 지루하게 계속되는 나의 인생이 떠올라 조마조마했다. 링 위에서 내려온 포세이돈은 담담했고 지친 기색이 없었다. 나는 포세이돈의 등을 쓰다듬었다. 물을 주어 입을 적셨다. 2라운드는 첫 라운드와는 달랐다. 포세이돈이나 상대 개 모두 투견으로서의 입맛을 느낀 것이다. 공격했다 하면 코나 목덜미를 물어뜯었다. 처음과는 달리 어느 한쪽이 우세하지 않았다. 시간이 지나도 쓰러질 기세가 안 보였다. 나는 초조했다. 포세이돈이 이기면 괜찮지만 지게 되면 또 3라운드로 들어갈 것이 걱정되었다. 게다가 상대 개의 힘이 더 많이 남아 있는 게 보였다. 상대 개가 포세이돈의 목덜미를 물고 흔들어댔다. 나는 눈을 감았다 떴다. 포세이돈이 목덜미를 물린 채로 상대 개의 다리를 물고 놓지 않았다. 목에서 피가 뚝뚝 떨어지는 데도. 그 시간은 너무 길었다. 상대 개가 포세이돈의 목덜미를 놓고 나가떨어졌다. 포세이돈이 이겼다. 포세이돈도 탈진했는지 가만히 누워 있었다. 포세이돈은 민첩성에다 인내력까지 있는 훌륭한 개였다. 나는 견주로서 포세이돈이 승리한 대가의 상으로 사료 한 포를 받았다. 외삼촌과 나는 그 자리에서 우선 포세이돈의 탈진한 몸에 링거를 주사했다.

상처를 치료하고 꿰매기 위해 포세이돈을 동물병원에 데려갔다. 포세이돈이 병원으로 들어서자 케이지에 갇혀 있던 예쁘장하고 파리한 강아지들이 잔뜩 움츠렸다. 얼굴은 흉터투성이고 귀와 목덜미에 심하게 상처가 있는 포세이돈의 몰골은 처참했다. 외삼촌은 자기가 사람이 좋아 버릴 개를 이렇게 병원에 데려왔다고 하며 은근히 자신을 과시했다. 이미 투견임을 알고 있는 동물병원 의사와 간호사는 자신들은 오로지 개를 치료하는 목적만 있다는 듯이 입을 다물었다. 응급처치를 하고 엑스레이를 찍은 의사는 포세이돈이 3일은 입원해야 한다고 했다. 의외로 외삼촌은 순순히 따랐다. 입 따기 경기에서 포세이돈의 승리를 보고 이미 투자 가치를 셈한 것이다. 나는 매일 동물병원에 들러 포세이돈을 보았다. "포세이돈, 정말 착해요. 밥 먹을 때도 잠잘 때도 너무 평안해 보이고 의젓해요." 간호사가 안타까운 듯이 말했다. 퇴원하는 날, 포세이돈은 나에게 끌려 나오며 자꾸 의사와 간호사, 병원 안에 있는 다른 강아지들을 돌아보았다. 이미 포세이돈은 나에게 정나미가 떨어진 것인가? 그러나 어쩔 수 없다. 이미 포세이돈은 돌이킬 수 없는 운명 속으로 들어간 것이다. 나의 삶이 어쩔 수 없는 운명의 힘에 의해 이끌리는 것처럼. 포세이돈과 나는 하나지 않은가.

그 어느 때보다도 평화로운 날들이 지속됐다. 외삼촌은 새로 투견 종인 핏불테리어 새끼 한 마리를 주고 갔다. 나에게 두둑한 돈 봉투를 건네주고는 몇 마리 안 남은 강아지들을 데려갔다. 이제 자잘한 것에 신경 쓰지 말고 투견 훈련을 잘 시키라는 당부도 잊지 않았다. 나는 새끼 핏불테리어의 이름을 팔복이라고 지었다. 이름처럼 많은 복을 누리라고. 인간의 욕망과 욕심에 희생되는 일은 절대로 없으라고. 나는 속으로 되뇌었다. 투견은 없다. 투견을 만든 사람만 있을 뿐이다. 어떤 경험을 하고 어떤 환경에서 자랐느냐에 따라서 투견이 될 수도 있고 반려견이 될 수도 있다. 포세이돈과 팔복이는 나의 반려견이다. 내가 마당에서 잎이 커진 파초에 물을 주거나 황금색이 짙어지는 측백나무를 전지하고 있으면 두 녀석은 물끄러미 나를 바라보았다. 느긋하고 조용하고 애정 어린 시선으로. 나는 저녁이면 포세이돈과 팔복이의 목줄을 양손에 잡고 산책을 나갔다. 지나가던 사람들이 겁이 나서 멈칫하면 자랑스러운 듯이 담대하게 앞으로 나갔다. 나는 든든한 두 아들을 둔 아버지가 된 기분이었다.

이번 한 번만이라고 하자 외삼촌은 나를 가소롭다는 듯이 쳐다보고 고개를 돌렸다. 포세이돈과 맞붙은 개는 검은빛이 더 많이 도는 핏불테리어였다. 외삼촌은 나와 한참 떨어진 구석에서 팔짱을 끼고 사각링을 바라보았다. 그는 밤이라서 어두운데도 선글라스를 끼고 시선을 감추었다. 나는 자꾸 투견이 시작되기 전 외삼촌이 판돈으로 내놓은 가늠할 수 없는 돈 뭉치가 떠올랐다. 한편으로 포세이돈의 승리를 암시하는 것 같아 적이 안심되었다.

고대 로마 시대 원형경기장에서 검투사들을 사자와 싸우게 하고 즐기던 사람들이 생각났다. 이제 사람 대신 개가 그 대상이 된 것에 아무렇지도 않아도 되는 것인가? 심판의 휘슬이 울려도 두 개들은 경계 태세를 하고 노려보기만 했다. 어느새 상대 견주가 소리 질렀다.

"괜찮아, 괜찮아. 뜯어, 뜯어, 뜯어라."

나는 차마 포세이돈에게 소리칠 수 없었다. 속으로 외쳤다. '꼭 이겨야 해. 넌 포세이돈이잖아.' 두 마리 개는 거칠게 숨을 내쉬며 어슬렁거렸다. 두 마리의 개가 팬터마임을 하는 것처럼 보였다. 상대 개가 먼저 포세이돈의 목을 물었다. 단번에 포세이돈의 목덜미가 찢어지며 피가 흘렀다. 나는 그만 저 링에서 포세이돈을 끌어내 오고 싶었다. 포세이돈의 피는 나의 피다. 그러나 어쩔 수 없었다. 승자가 결정되기까지 포세이돈은 링 위에서 내려올 수 없다. 나는 맘속으로 피를 토하면서 외쳤다. '너도 물어뜯어. 피를 봐야지.' 포세이돈이 몇 번 상대 개에게 덤벼들었으나 그놈은 잘도 피했다.

누군가 내 등을 세게 치면서 말했다. "떴어, 짭새. 튀어." 링 주위에 있던 10여 명의 사람들이 순식간에 흩어졌다. 나도 어떤 관성에 의해 숲속을 내달리고 있었다. 이슬이 바지를 걷어붙인 종아리 위에 닿았다. 해가 뜨고 있었다. 나는 한 번 내달은 싸움을 사람들이 사라진 줄도 모르고 계속하고 있을 포세이돈을 떠올리며 달렸다. 멀리서 경찰차의 사이렌 소리가 멈추지 않고 울렸다.

K네 집

얼마 전부터 K에게 전화를 걸어야겠다고 생각했다. 사실은 꼭 해야 하는 숙제처럼 꽤 오래전부터 머릿속에 있었다. 생각이 뇌리에서 떠나지 않았지만 차일피일 미루고 있었다. 40년 만이지 않은가? 도대체 무슨 말을 해야 한단 말이지? 말을 건네고 어색해질 상황이 떠올랐다. 카톡이나 문자메시지를 보낼까, 그런 생각도 해보았지만 너무 뜬금없지 않은가? 그러니까 그만 이런저런 생각에서 놓여나고 싶어 어제는 마음먹고 K에게 전화를 했다. 전화 버튼을 누르기 전에 몇 번이나 숨을 골랐다. K의 목소리는 담담했다. 마치 나하고 늘 통화를 하던 사람처럼 자연스러웠다. 사진에서 보던 나이 든 모습과는 달리 목소리는 청년처럼 맑았다. 나는 머릿속 한편에서 설레발을 치며 말을 더듬는 누군가를 동시에 떠올리고 있었다. 나는 생각해둔 말을 하기 전에 나도 모르게 K의 목소리를 칭찬했다. "목소리가 20대

같아." 그 말에도 K는 주저함 없이 자연스럽게 받아쳤다. "20대 같기는. 내 나이가 몇인데. 아무튼 고맙다." K는 모든 상황을 편안하게 맞이했다. 사업을 한다더니 고객을 다루는 것처럼 나를 대하는 것이 아닐까 하는 생각도 순간 스쳤다.

나는 그다음부터 말이 꼬였다. "너에게 전화를 걸기까지 얼마나 망설였는지 몰라. 너무 오랫동안 연락을 안 해서 어색하기도 하고 막 떨리더라." 그렇게 말하는 순간 나는 그에게 안부부터 물었어야 한다는 생각이 떠올랐다. 이미 말해야 하는 순서는 꼬였고 원래 내가 생각했던 말이라도 해야겠다고 생각했다. "나, 너의 집 가고 싶은데." K의 집은 인테리어 잡지에도 나왔다고 동창들을 통해서 들었다. 나도 동창밴드에서 동창들이 K의 집 정원에서 불을 피우고 고기를 구워 먹는 사진을 본 적이 있었다. 또한 K는 계절이 변할 때마다 SNS에 그의 집과 정원 사진을 올리곤 했다. 그래서 꼭 한번 가고 싶은 집이었다. 나중에는 K를 만나고 싶은 건지 그의 집을 보고 싶은 건지 나도 헷갈렸다. K는 이번에도 약간은 갑작스런 나의 제안에 바로 대답했다. "이번 주 토요일에 올래?" 그다음부터 K와의 대화는 더 편해졌다. "더 나중에 가도 되는데." "아냐, 아무 때나 와도 돼." 이어서 K와 나는 오랜 친구와 수다를 떨듯 말을 이어갔다. "중3인 우리 늦둥이 딸이 작가가 되는 게 꿈이래. 작가인 네가 오면 좋아하겠다." "나는 유명 작가도 아닌데, 뭘." "글을 쓰는 자체가 작가지. 너는 훌륭해." 나는 남편과 함께 가겠다는 말로 마무리를 하고 K와 통화를 끝냈다. 전화를 끊고 생각했다. 내가 K와 이렇게 오래 대화를 한 건 어쩌면 처음일지도 모르겠다고.

　나는 용인으로 이사 온 후 우리 집에서 얼마 떨어지지 않은 곳에 사는 K에 대해서 남편에게 여러 번 말했다. K는 초등학교 동창이기도 하지만 그렇게 가깝다고도 멀다고도 할 수 없는 육촌 관계의 친척이다. 고향이 같고 유년시절과 10대를 같은 동네에서 살았다. 부모님들은 형님 아우 하면서 꽤 가깝게 지냈다. 초등학교 때 같은 반을 한 적이 있었지만 성이 다른 K와 나는 유별했다. K는 공부를 꽤 잘했고 반장까지 했는데 나는 부모님을 통해 그의 말을 자주 들었고 은근히 마음속 시샘 대상이었다.

　같은 용인인데도 K의 집은 내가 사는 곳에서 한 시간 가까이 걸렸다. 용인은 도농복합도시로서 도시와 농촌이 혼재해 있다. 같은 지역인데도 마치 다른 지방으로 이동하는 것만 같았다. 아파트가 밀집한 동네를 벗어나자 한가로운 전원이 펼쳐졌다. 남편은 기분이 좋아졌는지 콧노래를 부르며 운전했다. 동남아시아 사찰 분위기가 나는 와우정사라는 절을 지나갔다. 불상이 누워 있다고 누군가에게 들은 적이 있다. 면사무소를 지나자 K의 집이 가까워왔다. 꼬불꼬불한 언덕길을 몇 번을 지난 다음에야 K의 집이 보였다. K가 집 앞에 나와 있었다. 담장은 없었고 그 집의 표식인 양 묶여 있는 커다란 개가 짖지도 않고 눈만 끔뻑였다. 집 현관으로 들어가는 나무 데크에는 미리 준비해놓은 장작불이 타고 있었다. 3월 초의 날씨는 스산했고 난로 속에서 타오르는 붉은 불빛이 긴장된 나의 마음을 누그러뜨렸다. 나보다 한참 아래일 듯한

K의 아내는 미인이면서도 편안한 인상이었다. 늦게 결혼을 해서 늦게 본 쌍둥이 남매가 방에서 나와 인사를 하고 들어갔다. K의 아내는 초면인 내게 사춘기를 겪는 중3 남매의 고충을 푸념하듯 털어놓았다. 저녁이 되어 바람이 쌀쌀했는데도 K는 마당의 데크에 있기를 고집했다. K의 아내가 점퍼와 무릎 덮개로 쓸 담요를 가지고 나왔다. K가 고기를 굽는 동안 K의 아내가 안의 주방에서 샐러드와 배추 겉절이 등을 내왔다. 모든 것이 신속하고 자연스러웠다. 그동안 그들의 익숙한 일상일 것이었다. 취하고 싶은 밤이었다. K는 어느새 야외 주방으로 들어가서 맥주와 소주를 내왔다. 남편도 술이 동하는지 내 기색을 살폈다. 자기는 술을 마시겠으니 나보고 운전을 하라는 뜻이었다. 나는 남편에게 말했다. "무슨 말씀, 오늘 주인공은 K와 나인데. 나도 술 마실 거야." K가 이어 말했다. "대리 부르면 돼." 나는 대리가 이 산속까지 올까 싶었지만 더 이상 아무것도 따지고 싶지 않았다.

술이 여러 순배 돌았는데도 정신은 더욱 또렷해졌다. 어느 순간부터는 술 마시는 속도를 조절하지 못한 남편이 말했다. "여기 공기가 너무 좋아서 취하질 않네요." 서울 토박이인 남편은 금세 그 장소와 그 분위기에 취해버렸다. 나 대신 K에게 궁금한 걸 물어보기도 했다.

"어떻게 이곳에 집을 짓게 되었나요?"

"태어난 곳이기도 하고 또한 원삼에서 가까운 백암에 외갓집이 있어서 서울로 이사해서도 중학교 때까지 방학마다 내려왔어요. 추억이 있는 곳이랄까요. 한 동네에 결혼할 때까지 30년을 넘게 살았는데 늘 탈

출하고 싶었어요. 너무 그곳에서 오래 살았어요. 결국 이리로 왔지요."

나도 K처럼 원삼에서의 추억이 있었다. 나의 조부모님은 일찍 돌아가시고 대신 고향인 그곳에서 작은 할아버지가 어른이셨다. 나는 초등학교 내내 방학이 되면 시골에 내려갔다. 아예 방학 과제를 싸들고 가서 개학이 될 때쯤에야 집에 돌아왔다. 서울에 사는 그 집 3형제의 손주들도 내려오면 그 집은 방학 내내 아이들로 북적거렸다. 할머니는 먹을 것을 준비하느라 늘 부산하셨고 아이들은 알아서 산으로 들로 쏘다녔다. 나물을 캐서 흙과 버무려 소꿉장난도 하고 냇가에 가서 멱을 감거나 물고기를 잡았다. 그곳에서 학교를 다니지 않아도 동네 아이들과 친구가 되었다. 그곳은 아이들이 원하는 것이 다 있었다. 자연의 품은 넓었고 아이들은 부족할 것이 없었다. 방학이 끝나 서울의 집으로 돌아오면 모든 것은 비루하고 축소되었다. 돌아오자마자 또 다음 방학을 마음속으로 기약했다. 나는 K가 방학마다 내려온 외갓집에서의 자유와 마음에 새겨진 풍성한 추억을 충분히 그려낼 수 있었다.

나는 성인이 되기 전에 서울 변두리 동네를 떠났다. 물론 내 의지는 하나도 없었다. 어느 날 서울이나 마찬가지라는 인근 도시 광명으로 이사를 했다. 그곳이 서울이 아니라는 것은 내게 상관이 없었다. 그곳은 한적했고 지명처럼 빛이 환한 곳으로 느껴졌다. 그 빛 속에서 오랫동안 살던 유소년 시절의 동네는 차차 사라져갔다. 광명에 산 이후로 나는 나의 유소년 시절을 보낸 곳에 대하여 아무에게도 말하지 않았다. 꼭 그럴 이유도 없었지만 그냥 내가 그곳에 살았다는 사실만으로도 내가 비루하게 느껴졌다. 내가 광명으로 간 것은 빛이었지만 아버지에게는 몰락이었다. 어슴푸레하지만 나는 기억하고 있었다. 아버지는 광명으로 이사하기 전 매일 술을 마셨고 그때마다 K의 아버지 이름을 부르며 욕을 했다. 어려서 자세한 사정은 잘 몰랐지만 K의 아버지가 우리 집에 무언가를 잘못한 것만은 틀림이 없었다. 광명으로 이사한 후 K의 집과도 자연스럽게 멀어졌다. 아버지는 언제부턴가 K의 아버지를 언급하지 않았다.

술이 한 잔 한 잔 들어갈 때마다 수면으로 가라앉았던 기억들이 하나둘 떠올랐다. K의 집은 슈퍼마켓이었다. 물론 그 당시에 마켓이란 말은 붙이지 않았다. 그냥 슈퍼였다. 그래도 그곳은 어린 나에게 그야말로 모든 것을 가능하게 하는 슈퍼맨 같았다. 없는 것이 없었고 더구나 그때에는 드물었던 텔레비전이 슈퍼 안에 있었다. 슈퍼 안, 한편에는 나무 평상이 놓여 있었는데 나 말고도 슈퍼에 물건을 사러 온 사람들이 은근히 그 자리에 눌러앉아 티브이 연속극을 한 편 보고 난 후 일어나곤 했다. 어려서도 그랬겠지만 나는 K네 슈퍼에서 오래 있으면서도 눈치 같은 건 안 봤다. K의 엄마는 체구가 작았는데 예쁘고 똑똑했다. 나이도 많고 우락부락한 나의 엄마와는 많이 다르다고 생각했다. K의 엄마는 내가 공부 잘하고 똑똑하다면서 머리를 쓰다듬으며 칭찬했다. 가끔 슈퍼에 있는 과자 봉지를 뜯어 K와 내가 나눠 먹으라고 내놓기도 했다.

K와 슈퍼에 연관된 더 강렬한 기억이 있다. K와 내가 평상에 앉아

숙제를 하거나 과자를 먹고 있을 때면 나보다 두세 살 아래로 보이는 K의 여동생이 괴성을 지르며 달려들었다. K의 여동생은 발달장애인이었다. 살이 찐 여동생은 걷지를 못해 기어 다녔다. 나는 그 동생이 괴물처럼 느껴지고 무서웠다. 작은 체구의 K엄마는 특별한 일이 없고는 늘 무거운 아이를 업고 있었다. 이상한 것은 K엄마는 내가 무서워하는 그 아이가 알아들을 수 없는 말로 소리를 질러도 웃으면서 어르고 때로는 노래를 불러주기까지 했다. 또한 그런 동생을 대하는 K의 태도도 놀라웠다. 동생이 다가오면 내가 놀란 모습을 억지로 감출 때 K는 부드럽게 동생의 이름을 부르며 물리쳤다.

나는 K의 동생에 대한 궁금함을 누르며 조심스럽게 물었다.

"어머니는?"

K는 눈가에 눈물이 맺히며 대답했다.

"일찍 돌아가셨지. 내가 대학 들어갔을 때."

그때 조용히 있던 그의 아내가 끼어들어 말했다.

"저는 어머니 모습도 못 봤어요. 우리 어머니 어떠셨어요?"

나는 있는 그대로 말했다.

"작은 체구에 미인이셨고 그리고 늘 웃으셨던 것 같아요. 제 어린 기억에 모르시는 것이 없을 정도로 똑똑하셨어요."

나의 말에 이어 묵묵히 술을 홀짝이던 남편이 오랜만에 한마디 했다.

"이 사람도 시어머니 얼굴을 못 봤지요. 내가 군대 있을 때 돌아가셨으니."

주위에서 늘 고부 갈등에 대해 들어왔지만 그런 시어머니라도 있었으면 바라던 나였다. K는 어머니의 이야기에 취기가 돌았는지 떨어진 술을 보고 안에서 술을 더 내왔다.

"너는 그래도 그곳을 일찍 떠났구나. 나는 정말 그 동네에 오래 살았어."

라며 한숨을 쉬었다. 나는 저간의 사정을 이해할 수 있었다. 가끔 K의 집 돌아가는 사정을 엄마에게 들은 적이 있었다.

K네 슈퍼 옆은 쌀집이었다. 짚으로 엮은 광주리에 쌀이 수북이 쌓여 있었고 그 옆에는 크고 작은 저울이 있었다. 쌀집 아줌마는 뚱뚱했고 3남매가 있었다. 쌀집 아줌마는 자주 우리 엄마에게 형님, 형님 하면서 우리 집에 쪼르르 달려왔다. 그런 날의 쌀집 아줌마 표정은 대부분 좋지 않았다. 어떤 날은 서럽게 울기까지 했다. 나는 어렸지만 눈치로 대강의 상황을 짐작했다. 쌀집 아줌마는 K의 엄마에게도 형님이라고 불렀다. 바로 옆이면서도 자주 드나드는 것 같지는 않았다. 그런데 정말 이상한 건 쌀집 아줌마의 자식인 3남매가 K의 아버지에게 아빠라고 부르는 것이었다. 가끔 그 아이들이 K의 엄마에게 '큰엄마'라고 부르는 것을 듣기도 했다. 어린 나이에도 그 부분은 왠지 금기 사항처럼 여겨져 엄마에게조차 묻지 못했다. 쌀집 아줌마는 늘 뭔가 억울한 듯한 표정으로 투덜댔고, K의 엄마는 세상사에 무심한 듯 웃었다. K의 아버지는 그 당시 복덕방 일을 하며 동네 통장을 했는데 늘 세상일을 다 본인

이 맡아서 하는 것처럼 사방에 소리를 높이며 다녔다. 성질이 급해 말을 더듬으면서도 자신이 사람들을 좌지우지해야 직성이 풀리는 사람이었다. K와 쌀집의 3남매는 엄밀히 말하면 형제간이었다. 같은 학교를 다녔는데도 서로 어울리는 것은 거의 못 봤다. 나는 그때 그 상황에 처해 있는 K의 심정 같은 건 헤아려본 적이 없었다. 다만 지금 돌이켜보면 그 당시 나는 울적한 K의 모습을 대했을 때 커다란 벽을 마주한 느낌을 가졌던 것 같다.

K는 화덕에 장작을 집어넣으며 고기 굽는 일을 능숙하게 해냈다. K는 고기를 가위로 자르며 그릴에 얹었다. "통째로 굽는 것보다 이렇게 잘라서 굽는 게 잘 익고 맛도 좋아."라고 말하는 것도 잊지 않았다. K는 원래 이토록 자상한 성품이었던가. 나는 잠시 내가 오랫동안 K와 상관없이 살았다는 것을 잊었다. K의 아내는 몇 차례 일어나 고기와 함께 구울 소시지, 감자, 버섯 등을 더 내왔다. 그동안 K가 살았던 시간들을 잘 상상할 수 없지만 현재의 평화로운 모습을 보는 것은 다행이라는 생각이 들었다. K는 나와 남편과 몇 차례 잔을 부딪치더니 얼굴이 불그레해지며 코가 빨개졌다.

K는 두 아이들을 불렀다. 아이들은 이란성 쌍둥이다. 중3이라고 했는데 남자아이는 세상 불만을 혼자 다 지고 있는 양 얼굴 표정이 부르터 있었다. 부모가 시키는 인사만 간신히 하고 고기를 열심히 먹더니 빨리 제 방에 들어갈 궁리를 했다. K는 사진 찍어 핸드폰에 저장해놓은 어릴 적 딸아이의 시를 보여주었다. 글씨는 삐뚤빼뚤 어린아이 것

이었지만 시의 내용은 애어른의 것이었다. K의 딸은 부끄러운 듯 주먹으로 아빠 배를 쳤다. K는 딸이 무엇을 해도 좋은지 웃기만 했다. 자신의 딸도 작가가 되는 것이 꿈이라며 내가 소설가라고 소개했다. 사실 나는 오자마자 얼마 전에 출간한 내 소설집을 K에게 주었다. 그리고 K는 그것을 딸에게 주고. 어느새 소설의 일부를 읽었는지 딸아이는 내게 질문 공세를 했다. "첫 번째 소설 보면 다른 도시가 나오는데 직접 가보고 쓰신 건가요?" K는 무슨 질문이라도 하는 딸을 흐뭇하게 바라봤다. 유명 작가가 아닌 나의 현실에 대해서 나는 K의 딸에게 여러 말을 할 수가 없었다. 그렇다고 작가에 대해서 허황된 환상을 심어주고 싶지도 않았다. 왜 그랬을까? 나는 K의 딸에게 작가가 되려거든 반드시 다른 직업을 갖고 할 것을 간곡하게 말했다. 나는 나의 스승에게서 배운 대로 소설을 운명처럼, 삶을 걸고 하라는 말을 하지 않았다.

"사실 나는 어렸을 때부터 꿈이 작가였거든."

K는 뜬금없이 말했다. 내게는 K의 그 말이 전혀 K하고 연결되지 않았다. K의 꿈이 작가였다니. 문득 다시 내가 기억하는 K의 어린 시절을 떠올렸다. K는 떨치고 싶어도 운명처럼 오랜 세월 달라붙었던 그것을 기록하고 싶었던 것일까? 이제는 딸에게라도 넘기고 싶었나 보다. 사실 나는 K를 오랫동안 만나지 못했고 그에 대해 제대로 아는 것도 없었다. 내가 직접 듣고 확인한 것은 없었다는 말이다. 누구는 K가 서울대 사회학과를 나왔다고 했고 IT분야 사업에 성공을 해서 부자가 되었다고 했다. 나는 K가 80년 독재 정권 때 학생운동을 했으니 사회학을

전공했을 것이고 또한 부자가 됐으니 잡지에 나오는 집에도 살 만하다고 생각했다.

K는 미학을 전공했다고 했다. 그가 어릴 때 꿈이 작가였다는 것만큼 뜻밖이었다. 요즘 매스컴에 자주 나오는 평론가가 선배라는 말도 덧붙였다. 나는 울컥했다. 그는 아름다움을 추구하는 사람이었구나. 나는 나의 유소년 시절을 보냈던 그 공간을 떠올렸다. K에게는 더 오래 살았고, 떠나고 싶었지만 그럴 수 없었던. 그곳은 결코 아름답지 않았다. 여기저기 산처럼 쓰레기 더미가 있었고 파리 떼가 우글거렸다. 공장 인근 주택가 개천으로는 독한 냄새를 풍기는 폐수가 흘렀고 공장 담 밑으로 낮게 지어 덧붙여놓은 판잣집들이 늘어서 있었다. 도처에 부랑자들과 술꾼, 여자와 남자의 악다구니가 넘쳤다. 아이들은 학교 가는 길에 자주 똥차에서 떨어진 똥을 피해 다녔다. 그러나 대부분의 아이들이 특별히 불만은 없었다. K는 지독히 그곳을 혐오하면서 미적인 것을 갈망했을까? 이제 와서 그것을 물어볼 필요는 없었다.

K의 집으로 막 피어오르려는 봄의 산이 다가오고 있었다. 나무들은 봉오리가 맺혀 있었고 가지들은 부들부들했다. 노을이 옅게 하늘로 퍼지고 있었다. 멀리 어느 집에서는 굴뚝에서 하얀 연기라도 피어오르고 있지 않을까. 새소리가 들렸다. K는 새의 이름을 말했는데 나는 금세 잊어버렸다. 고요하고 아름다웠다. 오래전 그곳은 이곳에서 아득했다. K는 이제 자연 속에서 완전한 미를 찾은 것일까. 나는 K가 지금 여기에 있는 것은 너무도 당연하고 자연스럽다는 생각이 들었다. K는 사업

에 성공해서, 돈을 많이 벌어서, 부자가 되어서 여기에 온 것은 결코 아니었다. K는 오랫동안 아름다움을 갈망했고 당연하게 여기에 이른 것이었다.

그날 아침, 나는 여느 때처럼 연탄불에 데운 물로 부엌 한 곁에서 머리를 감고 있었다. 엄마는 두 딸의 도시락을 싸고 딸들은 머리를 땋은 다음 교복을 입고 등교해야 하는 그야말로 부산한 아침 시간이었다. 그때 우리 집에 올 리 없는 K가 황급하게 대문을 두드리고 들어섰다. 나는 샴푸 거품이 잔뜩 묻은 머리를 들고 K의 울음 섞인 목소리를 들었다. "경이가 죽었어요." 나는 그다음 기억이 전혀 떠오르지 않는다. 내가 머리 감는 걸 잘 마무리하고 그다음 어떤 행동을 했는지, 그 말을 하고 K는 무얼 했는지, 나의 엄마는 그다음 어떤 조치를 취했는지, 아무것도 생각나지 않는다. 그러나 가슴 한구석 지금까지 남아 있는 입으로 내뱉지 못한 언어의 한 파편. '잘되었네.' 나는 그때 머리를 감으면서도 K가 한 말에 안도의 숨을 내쉬었고 평안이 밀려왔다.

나는 K에게 묻고 싶은 것들을 누르느라 애썼다. 동생 죽음 이후의 일들을. 쌀집 아줌마의 아이들, 따지고 보면 K의 동생들에 대하여. 한참을 속으로 다듬어 간신히 말을 꺼냈다.

"경선이하고 경태는 잘 있어?"

K는 더욱 붉어진 코를 만지면서 간단하게 말했다.

"그럼 잘 살지."

나는 더 이상 물을 수가 없었다. 사실 엄마를 통해 먼 귓가로 간간이 그 집 소식을 듣긴 했다. 쌀집 아줌마는 60도 안 된 나이에 풍을 맞아 일어날 수가 없다고 했다. 탤런트가 되었다는 경선이가 돈을 잘 벌어 자기 엄마 수발을 다 한다고 했다. 나는 TV에서 경선이를 본 적이 없었지만 우리 엄마는 탤런트가 되어 돈을 많이 벌어 쌀집 아줌마 수발을 하는 경선이를 침이 마르게 칭찬하고 부러워했다. 경선이는 예뻤다. 쌀집 아줌마는 뚱뚱하고 늘 부루퉁한 표정으로 있었는데 경선이는 예쁜 얼굴로 늘 생글거렸다. 나에게도 언니, 언니 하면서 잘 따랐다. K의 아버지인 영승 아저씨도 경선이를 무척 예뻐했다. "내 딸, 내 딸" 하면서 어쩔 줄 몰라 했다. 나는 그런 모습을 볼 때마다 괴물 같은 경이를 안고 예뻐라 하는 K의 엄마를 떠올렸다. K 역시 경이를 강박적으로 과잉보호했다.

장작불은 잘 타올랐다. K는 열심히 마른 장작을 화로에 집어 넣었다. 그리고 묻지도 않은 말을 했다.

"내 코가 이렇게 붉은 이유가 있어. 나는 술을 마시면 잠이 와. 졸다가 오늘처럼 이런 불에 코를 박은 거야."

나는 처음에 K가 농담을 하는 줄 알았다. 술을 마시면 코가 붉어지는 생리현상인 줄로만 생각했다.

"나를 잊어버리는 거지."

K의 말에 이어 K의 아내가 바로 받아쳤다.

"저 사람 자주 저렇게 멍 때려요. 결국 불에 코를 다 박고……."

나는 오늘도 K가 화로에 코를 박을 것 같은 느낌에 사로잡혔다. 어릴 때도 가끔 먼 산을 바라보는 듯한 K의 시선을 본 적이 있었다. 그러다 어디론가 사라져버릴 것만 같았다.

아홉 늙은이가 사는 동네라니, 거기선 어린아이들에게도 노인의 냄새가 났다. 아이들은 일찍 철이 들어 학교에 가지 않고 공장이나 시장으로 돈 벌러 나가기도 했다. 난 커서 어디에서도 내가 살았던 동네를 언급하지 않았다. 나는 서울이 아니라도 빛이 나는 동네인 광명이 좋았다. 나는 내가 그곳에 오래전부터 살았던 양했고 그 동네의 빛 속에서 다리 하나 건너에 있는 동네를 잊어갔다. 그래도 가끔 꺼진 불이 살아나듯 떠오르는 것이 있었다.

많은 부분이 K네와 관련된 것이었다.

초등학교 2학년 때까지 아버지 손에 이끌려 머리를 자르러 이발소에 갔다. 아버지는 꼭 나를 K네 슈퍼 옆에 있는 이발소로 데려갔다. 나는 키를 맞추느라 의자 위에 놓은 널빤지에 앉아 머리를 잘랐다. 머리 밑과 뒤 꼭지를 치올려 깎고 이마를 가리는 상고머리는 그 당시의 여자아이에게 흔한 머리 모양이었다. 반듯하게 자르기만 하면 아버지는 오케이 했다. 어느 때엔 내 옆자리에 K가 와서 이발을 할 때도 있었다. 나는 어렸지만 뭔지 모를 부끄러움에 고개를 들지 못했다. 어릴 때부터 남녀가 내외를 하던 시대였다.

어느 날은 쌀집 아줌마가 눈두덩이 시퍼렇게 된 얼굴로 나타났다. 옆에는 경선이가 자기 엄마 손을 꼭 잡고 있었다. 쌀집 아줌마는 우리 집에 들어서자마자 털썩 주저앉아 서럽게 울기 시작했다. 엄마는 이미 그 내막을 다 알겠다는 듯이 쌀집 아줌마가 울음을 그칠 때까지 가만히 서서 기다렸다.

"형님, 도저히 못 살겠어요. 나 좋다고 데려올 땐 언제고 이젠 내가 조금만 뭐래도 이렇게 사람을 쳐요."

나는 경선이의 손을 끌고 아랫방으로 갔다. 나는 경선이와 같이 종이에서 잔뜩 오려낸 인형에 옷을 입히며 놀았다. 벽을 건너 오랫동안 쌀집 아줌마의 흐느낌과 수군거림이 들렸다. 나는 종이인형에 옷을 입히며 줄곧 K와 K 엄마를 생각했다. 벽 너머로 K 아버지와 쌀집 아줌마의 악다구니를 듣는 그들은 과연 어떤 표정을 하고 있었을까? K 동생의 짐승 같은 울부짖음도 떠올라 소름이 돋았다. 경선이도 그날은 잘 웃지 않았다.

그런 일들은 얼마나 자주 오랫동안 지속되었을까? K의 엄마가 돌아가셨을 때, 아니면 쌀집 아줌마가 풍 맞아 쓰러졌을 때까지인가? 그동안의 세월이 뒤섞여 아무것도 제대로 순서가 잡히지 않았다. 또한 그런 생각과 함께 늘 드는 의문이 있었다. K의 엄마는 왜 속상한 일이 생겼을 때 우리 엄마에게 오지 않았을까? 우리 엄마와 가까운 걸로 치면 K의 엄마일 텐데. K의 엄마는 걸핏하면 우리 집으로 뛰어오는 쌀집 아줌마를 의식했을까?

K의 아내는 안으로 들어가 고기와 안주거리를 더 내왔다. 접이문을 열면 바로 있는 야외 주방은 오늘은 휑하였다.

"서로 간섭하지 않고 폐를 끼치지 않으려고 집을 지을 때부터 주방을 두 개 만들었어. 누구의 손님이 와도 서로 상관하지 않아. 각자 알아서 하는 거지."

그런데 오늘 나는 K의 손님으로 왔는데 K 아내는 자신의 주방으로 가서 연신 먹을 것을 내왔다.

"너는 특별하지 내 친구이기도 하면서 먼 친척……."

K는 말을 끝맺지 못하고 후훗 하고 웃었다. 나는 K가 그렇게 말하지 않아도 K 아내의 착한 심성을 알아차렸다. 좋은 아내를 만난 것은 참 다행이었다. 한편 끝까지 K에게 꼭 붙들릴 K의 아내도 나쁠 건 없다는 생각이 들었다. 나는 대화의 맥을 놓치지 않으려고 말을 계속했다.

"두 사람은 어떻게 만났어?"

K는 여느 사람들보다 결혼이 늦었고 K는 아내와 나이 차이가 꽤 났다. 그런 연유가 막연히 이해된다고 나는 생각했다. K가 결혼을 갈망하진 않았을 것 같고 누구를 데려오기가 두려웠을 것이다.

"내가 삼성동에서 처음 창업했을 때 멤버였지. 그때 꼭 붙들었어."

그 말을 하면서 K의 입가엔 만족의 미소가 번졌다. 그럴 만하다고 생각했다.

산골의 어둠은 빨리 번졌다. 멀리 읍내의 불빛이 아련히 보였다. 적막했다. K는 많이 취했다. 남편은 이 동네의 땅값과 또 돈 될 만한 곳은 없는지 투자 정보를 캐물었다. K는 그런 것엔 관심이 없는 것 같았다. 날마다 용인에서 안양까지 고속도로를 달려 출퇴근을 하고 저녁이면 이 산골로 돌아온다고 했다.

K가 갑자기 무엇인가 생각난 듯 집 안으로 들어갔다 나왔다. K의 손에는 흑백사진 한 장이 들려 있었다.

"일주일 전 너와 통화한 다음 옛날 앨범에서 열심히 찾았지. 겨우 이 거 한 장 건졌네."

초등학교 1학년 때 사진이었다. 동네에서 가까운 산으로 소풍 갔을 때였을 것이고 나와 K가 나의 엄마와 K의 엄마를 배경으로 서 있었다. 그리고 그 속에 또 다른 인물이 있었다. 내가 '누구더라' 생각하는 사이에 K가 생기 띤 얼굴로 재빠르게 말했다.

"현정이 알지?"

아, 현정이는 나와도 친하게 지냈었다. 아버지가 미군부대에 다녔고 그녀의 집에 가면 영어가 쓰인 깡통들이 여러 개 있었다. 특히 코코아를 먹을 수 있었다. 그것을 마시면 따끈하고 감미로운 향기가 입안에 살아나면서 내가 딴 사람이 되는 것 같았다. 사진 속의 현정이는 뜻밖이었다. K에게 생각을 앞질러 말을 던졌다.

"너, 현정이 좋아했구나."

그 말은 적중했다. K가 빙그레 웃으며 대답했다.

"그래, 많이 좋아했어. 오랫동안."

뜻밖이었다. 어디선가 내게로 뜻하지 않은 보물이 떨어진 것 같았다. '추억'이라는 보물. 나는 짓궂게 K에게 질문을 던졌다.

"현정이 왜 좋아했는데?"

K는 지체 없이 대답했다.

"예쁘잖아."

현정이가 단지 예뻐서만은 아니었을 것을 나는 짐작했다. 현정이네 집은 평안했고 따뜻했다. 웃음이 있었다. K는 그 속으로 들어가고 싶었던 것일까? 나도 한때 현정이를 동경했었다. 언제부터 나는 현정이와 멀어졌는지 아득했다. 현정이를 동경했던 만큼 그녀와 멀어지려는 이율배반적인 마음도 없지 않았던 것 같다. 그 속에는 내게 없는 것에 대한 묘한 시기 질투심까지도 들어 있었을 것이다.

나는 K의 아내를 의식하면서 픽 웃었다.

"그래서 사귀긴 했고?"

뜻밖에 K의 아내가 물었다. K가 당황하면서도 잘 받아쳤다.

"사귀긴. 사춘기 때 지나가는 바람 같은 거지."

바람 하니까 일전에 언니와 한 통화가 생각났다. K와 연락이 되고 얼마 안 되었을 때였다. 우리 집안에선 거의 금기사항이었던 K의 아버지인 영승이 아저씨 얘기였다. 몇 년 전에 돌아가셨는데 우리 집에선 아무도 문상을 가지 않았다고 했다. 거슬러 올라가 먼저 돌아가신 K의 엄마 얘기까지 나왔다. 언니는 안타깝다는 듯이 말했다. "큰 아줌마는 일찍 돌아가셨지. 예쁘고 똑똑하셨는데." 나는 짐작하면서도 넌지시 물었다. "K 엄마는 왜 일찍 돌아가셨대?" "왜는, 영승이 아저씨가 바람 피우고 속 썩였으니까 그렇지."

K는 그 바람을 결코 잡을 수 없었을 것이라는 생각이 들었다. 그 바람을 지나보내야만 했을 K의 마음이 헤아려졌다. 오랫동안 그 바람에

요동치는 아버지와 그것을 바라보는 엄마를 지켜봐야 했을 테니까.

아직 온전히 오지 않은 봄날, 봄밤에 난 수십 년을 살아온 한 사람을 한순간에 훑었다. 그만큼의 연륜이 나에게 생겼는지도 모르겠다고 생각했다. 아름다움에 대해 공부하고 또한 작가가 되어 자신의 삶을 문자로 기록하고 싶었던 K. 그는 현재 인공지능을 이용해 자동차를 진단하는 기기를 만드는 첨단 산업 분야 CEO다. 그러면서도 그는 숲을 가졌고 밤하늘의 별을 바라보며 노래한다. 그 옛날 그냥 지나가게 했던 바람, 현정이보다 더 예쁜 아내가 있고 토끼 같은 아이들이 있다. K는 덴 코가 더 빨개지도록 술을 마셨고 자주 웃었다. 나는 어렸을 때 K가 웃는 모습을 본 적이 있던가 생각했다. 아이들은 자러 들어갔고 나는 K를 편안한 마음으로 바라볼 만큼 되었을 때 같은 지역에서 30킬로나 떨어진 나의 집을 생각했다. 사방은 어두웠다. 나는 갑자기 근심스러워졌다. 어렵게 운을 떼었다.

"저기, 대리 불러줘."

"그렇지. 가야 되는구나."

K는 몽롱한 얼굴로 몇 군데 전화를 걸었다. 뭔가 브레이크가 걸린 느낌이었다. 나는 정신이 번쩍 났다. 대리가 이 산중까지는 올 수 없을 것이라는 확신과 함께 불안이 엄습했다. 나의 그런 기미를 알아차렸는지 K는 혀 꼬부라진 목소리로 말했다.

"걱정하지 마. 대리가 여기까지 온다고."

K는 몇 차례 여러 군데로 다시 전화를 했다.

"삼십 분 후에 온대."

K는 주어진 30분 안에 자신의 모든 것을 다 쏟아놓아야 한다는 듯이 주저리주저리 말했다.

"아버지도 고향으로 돌아오고 싶어 하셨어. 나처럼. 내가 여기에 땅을 사고 집을 지었을 때 아버지가 얼마나 좋아하셨는지 몰라. 그런데, 그런데 이 집 다 지어지고 며칠 후에 돌아가셨어. 돌아가셨다고."

K는 눈시울이 붉어졌다. 조금 더 있다간 펑펑 울 것 같았다. 나는 대리 올 시간이 되었다면서 갈 길을 서둘렀다. 옷과 가방을 챙기고 차가 주차되어 있는 언덕으로 올라갔다. K도 벌떡 일어나더니 자신의 차가 주차되어 있는 곳으로 갔다. 아니, 대리가 오면 되지 이건 뭔가 싶었다. 남편과 나는 K를 쫓아가 어찌된 일인지 물었다. 대리는 여기까지 오지 않는다고 했다. 면사무소 앞까지 가면 거기서 대리가 기다리고 있을 거라고 했다. 나는 기가 막혔지만 예상하지 않은 바도 아니었다. K는 차에 시동을 걸면서 면사무소까지 따라오라고 했다. 나는 술을 덜 마신 내가 면사무소까지 운전하면 된다고 하면서 K에게 들어가라고 했다. 그래도 K는 막무가내로 차를 몰 기세였다. 이상한 건 K의 아내가 그런 남편을 말리지 않고 우리가 남긴 자리를 묵묵히 치우고 있었다. 그런 사이 K는 출발했고 우리 부부도 부지런히 차로 이동했다. 가로등 하나 없는 외진 길이었다. 상향등을 켜고 앞을 밝혔다. 다른 차들은 없었다. 멀리 읍내의 불빛이 희미하게 들어왔다. K의 차는 흔들리지 않고 나아갔다. "술 많이 마셨는데도 차는 흔들리지 않는데. 저 양반, 이

런 상황 여러 번 있었던 것 같아." 남편은 한마디했다. 나는 잔뜩 긴장한 채 차를 뒤쫓았다. K는 쫓아오는 뒤차의 상황에 맞춰 속도를 조절하며 똑바로 나아갔다. 어떤 바람에도 흔들리지 않고 아름다움을 향해 곧바로 질주했을 K의 지금까지의 여정이 보이는 듯 했다. 얼마 후 면사무소 앞 어둠속에서 대리기사가 손을 흔들었다. K의 차가 멈추었다.

과거와 현재가 상호 조응하는
소설적 묘사의 세계

김종회
(문학평론가, 전 경희대 교수)

1. 머리말 : 한 작가의 궤적과 문학적 행로

한국 현대문학에 있어 20세기와 21세기는, 확연히 다른 특성으로 구별된다. 새로운 세기로 넘어오면서 한국문학은 이념성의 시대를 마감하고 다양성과 다원주의의 시대를 열었다. 이것은 어느 누구를 막론하고, 심지어는 이념적 근본주의자 자신들에게도 거침없이 통용되는 한국문학의 정체성에 대한 평가다. 한국문학의 외형적 실상이 그러하므로. 이 획일적이고 과감한 명제에 맞서는 반론을 제시하기는 쉬운 일이 아니다. 그러나 문학은 아무런 반성적 성찰도 없이 획일성의 늪으로 침윤하지 않는다.

겉보기의 외관이 그러할지라도 내포적 측면에서는 언제나 다른 씨앗을 보존하거나 다른 싹을 배양할 수 있기 때문이다. 한 시대의 내면 풍경을 드러내는 문학은, 궁극적으로 역사적 통시성과 사회사적 공시성의 교직일 수밖에 없다. 비록 거시담론의 서사적 흐름이 퇴조했다 할지라도, 그리고 미시담론의 소설적 형상력이 그 자리를 대체하고 있다 할지라도, 그것은 전체적인 중심 사상의 주류가 그러할 뿐 각기의 개별적인 문학은 언제나 다른 얼굴과 목소리를 내밀 수 있다.

그런데 바로 그 중심 사상을 두고 말하자면 공동체적 질서보다는 개인적 체험을, 민족적 과제보다는 인간관계 내부의 갈등을, 그리고 미래지향적 방향성보다는 내면적 성찰과 삶의 구체적 세부에 대한 탐색을 앞세우는 것이 오늘의 한국문학이다. 우리는 이를 미시담론 시대의 소설적 경향이라 호명한다. 그러한 환경적 조건으로 인하여, 현 단계 한국문학은 거시담론의 역사적이고 시대사적인 광활한 주제를 수용하기 어렵다. 대신에 개인 상호 간의 결속이나 갈등, 그로 인한 기쁨과 아픔, 삶의 소망과 치유하기 어려운 소외 의식 등 다양한 미시담론적 특성들이 주요한 항목을 이루고 있다. 여기 그 하나의 소설적 범례로 이찬옥의 작품들이 있다.

이 작가는 2003년 계간 『문학나무』 신인작품상에 단편 「집」이 당선하면서 문단에 나왔다. 2020년 직지소설문학상의 우수상을 수상하기도 했으며, 이제껏 『티파니에서』와 『메종』 등 두 권의 소설집을 상재한 바 있다. 이번의 소설집 『마릴린 먼로가 좋아』는, 그러므로 그의 세 번째 창작 단행본이다. 2017년부터 2021년까지 5년간 여러 문예지에 발표한 단편소설 6편과 미발표작 2편을 합하여 모두 8편의 작품을 수록했다. 아직 발간되기 전의 원고 상태로 읽은 그의 소설들은 단단하고 매끄러운 느낌이었다. 그 가운데 태작(馱作)이 없었다. 필자로서는 모처럼 얻은 흔연하고 보람 있는 독서 체험이었다.

2. 글쓰기의 전문성, 소설적 탐색의 정신

「그랑블루」는 아쿠아리스트로 살아가는 여자의 실존적 현실과 심해(深海)에 대한 동경을 다루고 있다. 화자인 '나'는 강이 있는 눅눅한 도시의 지하 수족관에서 인어 연기를 하는 직업을 가졌다. 그런가 하면 환경이 전혀 다른 수중(水中)의 세계, 스쿠버다이빙을 하기도 한다. '나'를 둘러싸고 있는 인물들로 동료 '로사'나 물개 쇼를 담당하는 '김', 그리고 연인인지 아닌지 구분이 쉽지 않은 무용수 '그' 등이 '나'의 주변에 포진해 있으나 이들 가운데 어떤 충격 효과를 줄 수 있는 존재는 없다. 이는 당연한 일이다. '나'가 사람들과의 관계 속에서 자기의식을 조정하는 인물이 아니라, 스스로의 내면에서 유영(遊泳)하기를 그치지 않는 캐릭터이기에 그렇다. 하지만 이미 세상에 없는 어머니는 좀 다르다.

> 나의 어머니는 바닷속 얘기를 한 번도 꺼내지 않았다. 내가 스쿠버다이버가 되겠다고 했을 때조차도. 그리고 어느 날 물질 나간 어머니는 깊은 바닷속에서 영영 나오지 않았다. 왜 밝고 환한 곳에 실제로 존재하는 자신의 딸에게로 돌아오지 않았을까. 바다 가장 깊숙한 데서 헤엄치는 돌고래와 춤이라도 추고 싶었던 것일까. 돌고래가 끼룩끼룩 소리 내는 노래에 맞춰서. 사람들은 볼 수 없는 그곳이 훨씬 좋을 거라고 생각하면서 동경한다.

짐작건대 어머니는 해녀였던 것 같다. 물질 나갔다가 돌아오지 않는 어머니는 '나'의 잠재의식 가운데 헤어나기 어려운 상흔(傷痕)으로 자리하고 있다. '나'는 이렇게 생각한다. "어머니도 늘 그 자리였던 바다가 너무나 지루해서 심해로 가버린 것인지도 모를 일이었다." 그렇게 추측하고 판독할 수밖에 없는 연유는, 이 소설에 등장하는 인물 중 어느 누구도 '나'의 심리적 기제에 근접하는 경우가 없는 까닭에서다. 진정한 사태를 가늠하기 어려운 어머니와의 이별만큼, '나'의 삶은 어느 것 하나 명료한 방향성 아래 정돈된 것이 없다. 이 소설은 바로 그와 같은 심리 상태를 기반으로 한다. 거기에 아쿠아리스트를 표현하는 전문적 식견이 소설의 분위기를 지배한다. 인어 연기자로서 인어공주의 우화(寓話)를 소환하는 소설의 마무리 대목은, 이상의 소설 「날개」의 대단원을 연상하게 할 만큼 단연 압권이다.

물기로 가득 차 금방이라도 물바다가 될 것 같은 저녁. 하루 종일 내린 비는 쉽사리 그칠 것 같지 않다. 공중에 가득 떠 있는 우산들. 그 아래로 힘차게 지상에 발을 내딛고 있는 수많은 다리들이 보인다. 우산을 편다. 비로소 나의 몸에선 꼬리가 슬그머니 자취를 감추고 다리가 생겨난다. 노란색 레인코트를 입은 나는 오렌지 꽃 향수 냄새를 풍기며 바삐 걷는다.

「새벽에 사과 먹는 여자」는 여행에 관한 이야기로 구성되어 있다. 여전히 화자가 '나'인 1인칭 소설이다. 나는 딱히 친분이 두텁지도 않은 'C'와 여행 중이다. 단둘이 기차나 버스를 타고 먼 곳을 여행하고 싶다는 요청을 그가 들어준 것이다. 그렇게 떠난 유럽 패키지 여행이 이 작품의 현재 상황이다. 소설의 지속적인 문면(文面)을 통해 '나'는 여행지의 풍광이나 여행에 관한 전문지식 그리고 그에 부응하는 내면의 모습을 매우 성실하게 풀어놓는다. 그러한 글쓰기 방식의 선택은, 작가가 이 소설을 어떻게 축조해갈 것인가를 표방하는 일이다. 소설 속의 '나'는 그와 같은 소설적 이야기들의 틈새를 통해, 자신의 내부에 견고하게 잠복해 있는 자아 정체성을 조금씩 드러내 보인다.

C는 내 마음속 생각을 듣기라도 한 것일까. 어느새 일어나 남은 한 개의 사과를 마저 들고는 자신의 머리 위에 올렸다. 소년의 머리 위에 놓인 빌헬름 텔의 사과가 떠올라 나는 순간 비장해졌다. C는 나를 보면서 심각하게 말했다. "화살로 내 머리 위에 있는 사과를 쏘시오." 나는 순간 생각했다. 내가 C의 머리 위에 있는 사과를 화살로 쏘아 떨어뜨린다면 지금까지의 내 비루함은 사라지고 힘이 세질 것이라고. 나는 화살로 쏘는 대신 C의 머리 위에 놓인 사과를 집어서 그의 손에 건넸다. C는 내가 준 사과를 다 먹고 나를 안았다.

이 소설의 중심부를 관통하는 중점적인 이미지는 사과에 관한 것이다. 여행지에서 먹는 사과가 문득 빌헬름 텔의 옛이야기를 불러올 만큼 확장된 의미망을 형성한다. 물론 이 소설을 비롯한 8편의 소설이 모두 그러하듯이 '나'의 행보가 사과에 머물러 있는 것은 아니다. 그러기에는 '나'의 상념이 너무 많고 복잡다단하다. 작가 또한 당초 이야기의 초점이 하나로 모이는 데 관심이 가지 않는 형국이다. '나'에게는 아직 남아 있는 '엄마'가 있고, 그 너머에는 20년 가까이 어린이집 교사를 한 '나'의 경력과 그다지 모양이 나지 않는 가족사가 있다. 여행에 대한 동경 그리고 그것이 현실 일탈의 새로운 전기(轉機)가 된다는 보장도 명확하지 않으나, 이 노상(路上)의 소설은 여행이라는 주제를 응집력으로 하여 제 몫을 다했다.

「투견」은 말 그대로 개싸움에 관한 소설이다. 우리가 일상적으로 알지 못하는 국면으로 진입하는 경우이니, 당연히 개싸움에 관한 전문적 배경의 설정은 우리를 인도하는 작가의 소임이다. 엄마가 죽은 지 1년이 다 되어가고 있을 때 연락이 온 외삼촌으로부터 사건이 시작된다. 그리고 거기에 소용이 닿는 역할을 '나'의 개 포세이돈이 담당한다. '나'는 5년 동안 군 부사관으로 있다 전역한 후 뒤늦게 대학에 들어갔고, 졸업 후 논술학원에서 학생들을 가르쳤다. 이 범상한 인생 편력은, '나'가 투견을 제외한 다른 곳에 특별히 목표를 둘 계제가 아니라는 말이다. 더불어 이 특별한 영역에서 벌어지는 포세이돈의 싸움에 '나'는 자신의 삶을 투영하고 있다.

　　나는 누구에게도 나의 외로움을 토로하지 않는다. 그것은 나의 삶의 방식이 되었다. 혼자 사는 것이 천국보다 좋을 때가 있다. 누구를 애타게 기다릴 필요도 없고 가슴 조이며 그리워 눈물 흘리지 않아도 된다. 나는 사람 대신 힘이 세고 눈빛이 선한 핏불테리어 포세이돈과 대화를 한다. 포세이돈의 목줄을 잡고 지는 노을을 보며 하천 길을 산책한다. 가끔 어디로 가야할지 망설여질 때 물고기 아로와나가 있는 자유롭고 맑은 수조 속으로 들어간다. 물고기들의 조용하고 가벼운 움직임을 따라 수의 손을 잡고 춤을 출 때도 있다. 나는 수가 우리 집에 오는 한참 전부터 마음이 들떠 잠을 이룰 수가 없었다. 마당의 무성한 잡초를 뽑았다. 황금측백나무에 물을 뿌려 잎에 윤기가 돌게 했다. 현관 입구에 노란색, 자주색 국화를 심었다. 마당 한가운데 나무 테이블을 놓고 오래전 수가 입었던 빨간 스웨터 빛깔의 파라솔을 설치했다. 그 테이블에서 나는 수와 마주 앉아서 고기와 술을 먹을 것이다. 수를 맞을 준비는 다 되었다.

개를 기르는 사람의 속내와 그 개가 사회적 역할을 대신할 때의 마음먹이가 이 소설의 저변에 편만해 있다. 예문에 나오는 '수'는 초등학교 동창이며 병원 집 딸이었다. 당연히 그녀와의 관계가 어떤 사건을 형성하는 쪽으로 발전하지는 않는다. 그것은 이찬옥 소설의 한결같은 특성이기도 하다. 개들을 기르기 시작하고 또 전원 생활의 형용이 알려지자 초등 동창들이 찾아오기도 한다. 이 번잡한 그림들은 그러나 여전히, 전혀 본질적이지 않다. 오히려 '화분에조차 파초를 심을 여력이 없었던' 엄마가 '나'에게는 훨씬 더 강력하다. 이러한 이야기의 구도는, 이 작가의 관심이 외관으로는 알 수 없는 의식 내부의 현상에 기울어져 있음을 증명한다.

3. 현실과 회상의 조합, 그 조화로운 만남

「프랑스어 연극처럼」은 여러 갈래의 과거와 눈앞의 현실이 교차하면서, 이 모든 접촉점이 '나'의 삶에 어떤 의미를 형성하는가에 방점이 있다. 이때의 교차와 접촉이 소설 기법에 있어서는 조화로운 효용성을 갖는 것이지만, '나'의 삶에까지 그 조화로움을 공여하지는 않는다. 이렇게 과거에 예속되어 있다는 사실은 지금의 형편이 결코 수월하지 않다는 반증이기도 하다. 그 과거의 예각적인 지점에 '안'이 있다. 그는 '나'가 살아가면서 수행한 여러 일상적인 행위의 모티브이자 바로미터이기도 하다. 이 소설에는, 아니 이 작가의 소설에는 단편이라는 형식과 분량에 비추어 너무 많은 인물이 등장한다. 그리고 그들은 서로 다양한 관계망으로 얽혀 있다.

결혼 10주년 기념 제주도 여행을 가서도 집 앞 공원에서 축구를 하는 남편과 아이를 바라보면서도 나는 줄곧 안에게 사로잡혀 딴 생각을 했다. 안은 하루도 빼먹지 않고 메일을 보내왔다. 그는 사랑에 빠진 사람 같았다. 나도 안의 메일을 확인할 때마다 그를 만나는 것처럼 가슴이 뛰었다. 매일 늪으로 나도 모르게 빠져들고 있었다. 그때마다 긴장하면서도 이상한 쾌감을 느꼈다. 치명적인 무엇에 중독되어가며 그것을 끊지 못하는 나는 점점 교활해졌다. 나는 그런 자신을 견딜 수 없어 더 이상의 어떤 접속도 하지 말자는 메일을 보냈다. 안은 그럴수록 더욱 집요하게 다가왔다.

'나'는 남편과 아이가 있는 가정의 구성원이면서도 '안'을 떨쳐버리지 못한다. 그것이 그에 대한 열렬한 사랑이라기보다는, 이제 자신의 일부로 편입된 과거사의 한 상징이기 때문인 것으로 보인다. 특히 이 소설에서는 작가의 전공 분야인 프랑스어나 프랑스 연극이 이야기를 진척시키는 기제로 작용한다. '나'는 가난한 성장 시절을 보냈고 아르바이트나 입주과외를 해야 했으며 늘 수동적인 방식으로 세상과 사람을 응대했다. '안'의 경우도 그렇다. 하지만 프랑스 문학이나 연극이 환기하는 치열성 또는 격조 있는 분위기는, 이 남루한 현실을 뛰어넘는 소설적 장치로 기능한다. 그 양자 간의 접점 또한 소정의 소설적 효과를 얻는다.

「그녀가 무심천으로 간 까닭은」은 해묵은 상처를 다시 만나고 그 회복의 출구를 모색하는 소설이다. 이 과거의 상처를 안고 온 인물은 오랜 친구 '태희'다. '나'와 '태희'의 만남은 두 사람 모두의 아픔을 환기하는 일이며, 이는 이들의 과거가 잊기 어려운 시간의 공유로 묶여 있다는 말과 다르지 않다. 그와 같은 경우라면 마침내 문제의 해소 또한 두 사람의 관계를 통해 제시될 수밖에 없다. 이들은 어렸을 때부터 친구였고 태희의 어머니는 동네 시장 골목에서 의상실을 했다. 중학교 때부터 다른 길로 갔으나, 서로를 향한 안테나를 세우고 살았다. 그리고 수십 년 만에 다시 만난 것이다. 이러한 이야기의 설정은 쉽게 공감을 유발한다. 우리 주변에 흔히 있는 일이다. 다만 문제는 그 내용이요 강도다.

태희는 요즘 잘 나가는 미인 탤런트와 동명이라는 것만으로도 초등학교 동창들 사이에서 인기가 있었고 평범하지 않은 그녀의 삶의 행보는 더욱 그랬다. 그녀는 일본에서 살다가 10년 전에 한국에 다시 왔다. 그것을 증명이라도 하듯 노래방에 가면 가끔 일본 노래를 부르기도 했다. 남편이 일본 사람이라는 건 더 놀라웠다. 아들은 일본 계열 회사에 다닌다고 했다. 그 말을 들었을 때 오랫동안 잊고 있었던 것이 떠올랐다. 태희 엄마, 사람들은 그녀 엄마가 일본 사람이라고 했다. 그녀는 아니라고 했지만 나는 그녀 엄마의 짙은 화장을 한 가부키 같은 얼굴을 보며 그럴지도 모른다고 생각했다. 담배 피우는 모습을 볼 때부터 우리나라 사람 같지가 않았다.

그 태희는 스스로 지금 마트 판매사원이고 생선 코너 판매왕이라고 밝혔다. '나'는 태희를 만나기 위해 청주로 향하고 두 사람은 청주 시내를 가로지르며 흐르는 무심천으로 간다. 이미 무심천(無心川)이라는 이름의 의미가 예사롭지 않지만 그 이름난 벚꽃길에는 유래비(由來碑)도 있다. 태희는 '나'에게 하루도 빠지지 않고 무심천을 걸었다고 말한다. 이와 같은 표현법은 많은 마음의 상처를 압축하고 있다. 어떤 경우이든, 그것이 소설이든 현실이든 한 사람의 생애란 것은 참으로 만만한 것이 없다. 소설에서는 이 엄연한 현실의 증빙을 확보하듯 김광석의 노래들을 불러온다. 또한 고려 시대의 사찰 사뇌사의 전설과 함께 불가(佛家)의 교리를 전개하기도 한다.

「K네 집」은 여전히 각기 등장인물의 개성적 성격 발현에 중점을 두지 않고, 모든 기억을 불러내어 회상 시점을 되살리며 이야기를 구성하는 이 작가의 패턴을 답습한다. 이 소설에서 '나'의 관찰 대상인 'K'는 초등학교 동창이며 '가깝다고도 멀다고도 할 수 없는 육촌' 친척이다. '나'는 작가이며 K의 중3인 딸은 작가가 되는 것이 꿈이다. '나'가 K의 집을 방문하기 위한 사전 절차로는 이 정도면 충분하다. K의 아내는 미인이면서도 편안한 인상이다. 당연히 K네와의 지난날 가족사가 떠오르고 '나'의 아버지와 K의 아버지가 어떤 상황에 있었는지도, 그리고 체구가 작지만 예쁘고 똑똑했던 K의 어머니가 어떠했는지도 반추하게 된다. K의 집은 슈퍼마켓을 했고 그 옆에 있는 쌀집 아줌마는 K 아버지의 소실이었다. 이를테면 사뭇 복잡한 가족관계였다.

K의 집으로 막 피어오르려는 봄의 산이 다가오고 있었다. 나무들은 봉오리가 맺혀 있었고 가지들은 부들부들했다. 노을이 옅게 하늘로 퍼지고 있었다. 멀리 어느 집에서는 굴뚝에서 하얀 연기라도 피어오르고 있지 않을까. 새소리가 들렸다. K는 새의 이름을 말했는데 나는 금세 잊어버렸다. 고요하고 아름다웠다. 오래전 그곳은 이곳에서 아득했다. K는 이제 자연 속에서 완전한 미를 찾은 것일까. 나는 K가 지금 여기에 있는 것은 너무도 당연하고 자연스럽다는 생각이 들었다. K는 사업에 성공해서, 돈을 많이 벌어서, 부자가 되어서 여기에 온 것은 결코 아니었다. K는 오랫동안 아름다움을 갈망했고 당연하게 여기에 이른 것이었다.

그 K가 서울대 미학과를 나왔고 IT 분야 사업에 성공해서 부자가 되었다. K는 미학을 전공했고 자신도 어렸을 때부터 꿈이 작가였다고 고백한다. 나는 K가 '아름다움을 추구하는 사람'이었다는 생각에 울컥한다. 그러나 K의 딸에게는 '작가가 되려거든 반드시 다른 직업을 갖고 할 것'을 간곡하게 말한다. '나'의 스승에게 배운 대로 '소설을 운명처럼, 삶을 걸고 하라'는 말을 하지 않는다. 이 마음속의 생각과 실제 발화 사이의 거리는 '나'가 살아온 세월의 무게와 그 아픔을 매우 압축적으로 그리고 설득력 있게 드러낸다. '나'와 K 사이에는 그 세월의 부피만큼 많은 기억이 가로 놓여 있다. 다른 소설과 달리 여기에서 '나'는 유독 K의 캐릭터를 긍정적으로 수긍한다. 이는 세월의 간극을 조화롭게 넘어서는 방식이기도 하다.

4. 범상한 삶의 극점, 죽음을 바라보는 눈

「마릴린 먼로가 좋아」는 이 소설집의 표제작이다. 그런 만큼 보다 강렬한 작가의 색채를 갖고 있기는 하다. 하지만 그 또한 소설의 극적인 전개나 인물의 생동감을 앞세우기보다는, 인물과 상황에 대한 묘사 및 서술로 일관하는 기존의 패턴을 허물지 않는다. 우리가 익히 알고 있는 마릴린 먼로의 이미지를 덧입고 있는 인물은 '나'가 교회에서 만난 '그녀'이고 나중에 밝혀지기로는 그 이름이 '순정'이다. 그녀는 '나'의 연모 대상이던 'K'와 결혼을 했다. '나'의 남편인 'P'를 비롯한 소설의 등장인물들은 모두 교회 청년부를 중심으로 상관관계가 형성되었고, 세월이 지나서도 그 관계성을 그대로 유지하며 산다. 여자 동기들은 그녀를 백치미의 대명사인 마릴린 먼로라 불렀다.

어느 날, 은이가 장난스럽게 이름 대신 그녀를 '마릴린 먼로'라고 불렀다. 그녀는 뜻밖에도 예의 그 미소를 짓고 치마를 걷어 올리며 영화 〈7년 만의 외출〉 속에 나오는 환풍구 장면을 흉내 내었다. 청년부 자매들은 박장대소하며 뒤로 넘어지는 시늉을 했다. 그때부터 그녀는 교회에서도 공공연히 '마릴린 먼로'라 불리었다. 특히 청년부 형제들이 그 이름을 반기는 것 같았다. 교회 청년부는 마릴린 먼로가 된 그녀로 인해 더 환해지고 소란스러워졌다. 어쩌다 그녀의 진짜 이름을 부르면 더 어색했다.

K가 그녀를 선택한 이유는 명확하게 밝혀지지 않고, 더욱이 그들의 결혼 생활이 파탄에 이르러 마침내 그녀가 죽음에 이른 사정도 모호한 짐작만 가능케 한다. 어쨌거나 그녀는 이혼을 하고 이단 종교로 들어가는가 하면 노숙 생활을 하는 것 같다는 목격자의 전언도 있다. 소설의 결미에서 '나'는 서울역 앞 환풍구에서 마릴린 먼로처럼 '이상한 포즈'를 취하고 있는 그녀를 만난다. 거의 정신이상 증세에 해당하는 그녀와 헤어진 후, 많은 세월이 흐른 다음 그녀의 부음을 듣게 된 것이다. 이 소설의 정점은, 그러므로 그녀의 그 운명적인 죽음에 있다. 사람과 사람 사이의 연관성이 어떻게 맺어지고 또 부서지는가를 보여주면서, 이 소설은 그 인과성의 구명(究明)보다는 각기의 과정에 대한 '나'의 관찰을 세심한 디테일로 살려내는 데 더 무게중심을 두고 있다.

「그 눈부신 새벽에」는 청소년기의 방황과 그것의 극복에 도달하지 못하고 비극적인 죽음을 맞게 되는 안타까운 이야기를 그렸다. 그런데 다른 작품들과 비교해서 유독 돋보이는 것은, 오토바이 사고로 죽은 이를 화자로 하여 죽은 자가 산 자에게 말을 건네는 형식을 취하고 있다는 점이다.

아들이 참척(慘慽)의 횡사(橫死)를 하고 나면, 그 어머니는 산목숨이 아니다. 소설은 사자(死者)인 아들이 그 '엄마'에게 조근조근 대화를 시도하며 전개된다. 이야기 가운데는 청소년 아들과 그 어머니가 살아온 날들의 모든 추억이 함축되어 있다. 아들의 목소리만 살아 있고 어머니의 반응이 생략되어 있기에 추단해볼 수밖에 없는 것이지만, 항차 그 어머니에게 무슨 말을 기대할 수 있는 경우가 아니다. 그런데 아들은 자신이 '엄마'에게 돌아왔다고 단언한다.

　　엄마, 이젠 울지 말아요. 엄마에게 돌아왔잖아요. 그날 밤, 엄마가 찾아와서 얼마나 좋았는지 몰라요. 사실은 많이 집에 가고 싶었어요. 그리고 엄마에게 많이 미안했지만 엄마가 오기를 얼마나 기다렸는지 몰라요. 이렇게 다시 못 볼 줄 알았더라면 그날 엄마 품에 안겨 사랑한다고 한마디라도 했어야 됐는데요. 엄마 덕분에 다음 날 설아까지 만날 수 있었으니 그렇게까지 내가 불행한 놈은 아니에요. 설아가 오토바이 뒷자리에서 내 허리를 꼭 잡았을 때 나는 마치 하늘을 날아갈 듯한 기분이었어요. 설아와 함께 엄마에게 빨리 가고 싶은 마음에 속력을 낸 것은 잘못이었지만 엄마, 그 마음만 기억해주세요.
　　달리는데 멀리 산 위로 해가 떠오르고 있었어요. 설아가 나를 꼭 붙잡고 있었고 엄마에게 간다는 사실에 얼마나 가슴 벅찼는지 몰라요. 내 삶은 가장 찬란한 순간 속에 있었던 거예요. 그 눈부신 새벽에.

아들은 이 삶과 죽음이 나누어지는 시간을 '눈부신 새벽'이라고 명명한다. 아들의 이름은 '우석'이고 그 아들이 오토바이 뒷자리에 태우고 달리다가 함께 죽은 여자 친구의 이름은 '설아'다. 소설에서는 이들처럼 가정과 정규 학습의 자리를 떠나 방황하는 청소년 여러 명이 함께 등장한다. 분명 우리 사회에 실재하는 문제적 상황의 모습이다. 그렇다면 이와 같은 소설이 환기하거나 영향력을 발휘할 수 있는 소설 외적인 과제는, 소설과 어떤 관계로 정초될 수 있는가를 검토해볼 필요가 있다. 만약 이 대목에서 소설이 소기의 역량을 발휘할 수 있다면, 그것은 정신과 영혼의 영역을 다루는 문학이 대사회적 기여를 발현하는 하나의 모범이 될 것이다.

5. 마무리 : 이찬옥 소설의 선 자리와 갈 길

우리는 지금까지 모두 8편에 달하는 이찬옥의 소설을 공들여 읽었다. 이를 각기 따로 묶어 소설을 구성하기 위한 전문적 사전 지식을 충분히 확립한 사례, 현재의 삶과 과거의 기억이 화자를 중심으로 재구성되는 사례, 그리고 일상적인 삶 가운데서 비극적 죽음이 도출되는 사례 등 세 가지 경우로 대별하여 살펴보았다. 전반적인 독후 감상으로는, 이 작가의 내부에 다양다기하고 백화난만한 이야기의 화원이 자리하고 있다는 것이다. 그러기에 마치 실타래를 풀듯이 하나하나의 담화들이 소설의 표면 위로 떠오르기도 하고 행간에 숨죽이고 있기도 하다. 이 숱한 이야기를 풀어내는 작가가 되지 않았다면, 그의 내면은 견디기 어려운 갈등을 잉태했을지도 모른다.

그런가 하면 이 작가는 이야기를 편안하고 재미있게 수용자에게 전달하거나, 때로는 독자로 하여금 청신과 후감과 소설에 의지한 소망을 갖도록 하는 일에 그다지 관심이 없다. 사건의 서술과 극적인 전개 또는 순조로운 마무리가 그의 관심 사항이 아니라는 뜻이다. 대신에 한 인물이나 사건의 경과 과정에 주의를 집중하여, 이를 섬세하고 구체적으로 묘사함으로써 전후 문맥을 값있게 하는 데 익숙하고 또 그 역량이 수발(秀拔)하다. 당연히 이 묘사 중심의 문체는 단단하고 매끄럽다. 소설적 이야기의 결말이 불명확하거나, 사건의 원인 행위에 대한 서술이 불친절한 것은 어쩔 수 없는 반대급부일 수도 있다. 우리 작가 가운데 오정희의 문장이, 서구의 소설 창작 방식 가운데 누보로망의 창작 유형이 그의 소설에 겹쳐져 보이는 이유다.

　이찬옥은 그와 같은 소설적 접근법을 통해 이미 단단한 자기 세계를 구축했다. 그것은 어쩌면 견고한 성채와 같아서 수정하기가 힘들지도 모르고, 또 그것 자체로서 충분히 소설미학적 가치가 있다. 그러나 그의 소설이 앞으로 더 정교한 묘사와 활달한 서술을 함께 병행함으로써 동시대 문학에 하나의 큰 획을 남기기 위해서는 새로운 서사 전략을 고려해 보는 것도 하나의 방안일 수 있다. 보다 선명한 주제의식, 작가의 설명이 아니라 그 자체의 캐릭터로 생동하는 인물, 이야기의 극적 요소와 전체적인 흐름의 조응 등 몇 가지 항목을 고려해보면 어떨까 한다. 우리 시대에 어렵게 만난 이 빼어난 작가를 그리고 그 작품을, 지속적인 공감과 더불어 기쁘게 만날 수 있기를 바라는 마음에서다.

金鍾會 | 문학평론가, 전 경희대 교수

발표지 목록

마릴린 먼로가 좋아『한국소설』2021년 11월호
프랑스어 연극처럼『문학저널』2021년 겨울호
새벽에 사과 먹는 여자『문학나무』2019년 겨울호
그 눈부신 새벽에『한국소설』2020년 1월호
그녀가 무심천으로 간 까닭은 2020년 직지소설문학상 우수상 수상작
K네 집『한국소설』2018년 9월호